Les Mystères de la Tamise

Les Fantômes de Saint-Malo

DU MÊME AUTEUR

DANS LA MÊME COLLECTION
« Les Mystères de la Tamise »

1 - La Crypte du pendu

2 - Le bourreau passe à minuit, my Lord

Ewan Blackshore

Les Fantômes de Saint-Malo

EDITIONS DE
LA SENTINELLE

Pour Loane, mon petit cousin,
Que les fées bretonnes se penchent sur ton berceau !

En se promenant sur une falaise,
on sent qu'il y a des océans sous le crâne
comme sous le ciel.

Lettre de Victor Hugo à son ami Louis Boulanger,
6 août 1835

Lettre ouverte aux fidèles lecteurs

Il est éprouvant pour le lecteur de dresser une chronologie exacte des enquêtes de Ted Scribble, notre détective favori. C'est pourquoi je me propose de remédier à cet inconvénient à travers ce court texte d'ouverture.

Nous sommes pendant l'été 1912 au début du présent volume. Un peu plus de six mois se sont écoulés depuis la tragique affaire du Bourreau de Westminster qui a failli porter un coup fatal à l'establishment britannique tout entier, des couloirs de Buckingham aux Chambres parlementaires.

Ted Scribble, mandaté par le souverain George V en personne, avait fait la lumière sur la précédente enquête avec son brio habituel.

« J'espère que nous pourrons reconduire cette fabuleuse collaboration dans le futur », s'était exclamé le roi alors que Ted lui livrait la solution, si l'on croit les notes de son grand chambellan.

C'est pourquoi notre fin limier a été envoyé à Saint-Malo par sa Très Gracieuse Majesté en personne. Lui qui ne voulait à aucun prix quitter

Londres, s'en allait à l'étranger, et en France par-dessus le marché, sur ordre royal.

C'est ce mystère que je vais vous conter ici. Il succède donc directement à celui du Bourreau. Entre-temps, Ted a décliné toutes les offres, même les plus lucratives, afin d'être toujours disponible pour son roi et de continuer la composition de sa grande œuvre théâtrale.

C'est ainsi qu'il a refusé, début 1912, l'affaire de la Casserole hurlante, se désistant au profit de Sherlock Holmes. Mais ceci est une autre histoire, et je ne peux empiéter sur le territoire de mon illustre confrère sir Arthur Conan Doyle qui n'a pas jugé bon de la coucher par écrit.

Savourez comme il se doit cette aventure malouine aussi savoureuse qu'une crêpe au beurre demi-sel !

Loin de ses brumes londoniennes, Ted Scribble reste fidèle à sa réputation de plus fin limier d'Angleterre...

Ewan Blackshore

1

Saint-Malo, août 1912

L'homme était arrivé de bon matin à Saint-Malo. Le voyage en train puis en calèche l'avait épuisé. Depuis sa résidence de Limoges, il y avait au bas mot huit cent kilomètres ! Comme lors de chacune de ses venues, le comte Adolphe de Montbalait se reposait pendant la matinée avant d'aller arpenter seul les petites rues de la cité Malouine. Ce n'était qu'au crépuscule, quand la lumière du jour commençait à décliner derrière les remparts qu'il se rendait rue de Vauborel, but ultime de sa traversée de France.

Il ne restait jamais plus d'une nuit et repartait le lendemain quoi qu'il arrive. Sa femme s'était étonnée de ses excursions à de nombreuses reprises. Le prétexte du « voyage pour affaires » n'arrivait pas à la convaincre.

— Tu entretiens une maîtresse à grands frais ! s'époumonait-elle chaque fois que son mari commandait un billet de chemin de fer à la gare.

Pour se soulager, elle brisait quelques pièces de

leur précieux service en porcelaine. Cela ne gênait en rien son époux qui ne détournait pas les yeux de son journal favori. En sa qualité de propriétaire d'une des fabriques les plus florissantes de la ville, il n'aurait pas de mal à remplacer les pièces pulvérisées par les humeurs de sa femme.

La bougresse n'avait pourtant aucune raison de se montrer si jalouse. Le comte n'était point coureur de jupons à ses heures perdues. Cela lui apportait suffisamment de railleries de la part de ses amis du patronat local sans que son épouse s'y mette elle aussi.

— Il ne part même pas pour courir la gueuse ! se moqua grassement Antonin Praïolo, un parvenu de la pire espèce que le comte considérait toujours comme un prolétaire, malgré sa grande fortune.

— Certes non ! répliqua-t-il, sans pour autant s'emporter. Vos balivernes me laissent de marbre !

Il n'avait jamais eu la passion des femmes et ce n'était certainement pas en ce moment qu'il allait la contracter. Elle se révélait bien trop coûteuse et d'un très mauvais retour sur investissement.

Il existait tant d'autres plaisirs raffinés dans l'existence qu'il ne s'abaisserait jamais à dépenser un seul de ses francs pour une partie de jambes en l'air. À ceux qui mettaient bassement en doute sa vigueur matrimoniale, il répliquait que sa descendance directe faite de six garçons et de neuf filles attestait bien du contraire.

— C'est que tu n'as jamais connu le plaisir sensuel avec Annabelle, essaya même de le convaincre Paul Justin, son associé et meilleur ami à qui il s'était confié. Sinon je ne peux pas croire que tu préfères ton machin à la gente féminine.

Le comte Adolphe de Montbalait se contentait de hausser les épaules et de penser plutôt à son « machin ».

Il n'arrivait jamais à trouver le sommeil sur sa route vers Saint-Malo. Ce n'est qu'une fois dans l'enceinte de la ville fortifiée qu'il pouvait récupérer de son long trajet. Rien ne pouvait plus lui arriver à présent et s'il retardait sa visite au maximum, c'était pour savourer cette attente, en sachant son but distant de quelques pas seulement.

Les relents nauséabonds de la cité portuaire ne l'atteignaient pas alors qu'il se savait si réceptif. L'odeur de viande séchée et celle de pourriture stagnante dans les petites ruelles ne l'importunaient pas. Il savait que, là-bas, dans cette rue entre la porte de Dinan et la porte Saint-Pierre, il pousserait la porte des « Feuilles Divines » et plongerait dans un autre univers.

Cette passion datait de son service militaire. Il partageait sa chambrée avec un des frères Mariage, Édouard. Depuis plus de trois siècles, sa famille importait des produits coloniaux dans la métropole, des épices principalement, mais aussi ce fameux breuvage qui obtenait un succès fou en Angleterre et qu'on appelait le thé. Le comte pouvait rester des heures entières à écouter son compagnon, pointant le doigt sur des cartes de navigation dont il ne se séparait jamais. Ils s'abîmaient tous deux les yeux à la lueur d'une bougie et Adolphe de Montbalait admirait avec quelle main experte le jeune homme traçait des cercles avec son compas ou bien tenait une comptabilité fictive de ses plantations.

— Je ne dois pas perdre la main ! psalmodia

Édouard Mariage lors de ses fréquents accès de fièvre, une maladie qu'il aurait ramenée des Indes. Édouard et moi avons de grands desseins pour notre négoce !

Une fois leur conscription terminée, Édouard avait invité à de très nombreuses reprises le comte à venir partager une tasse de grand cru ou tout simplement un thé parfumé avec une riche épice.

— Quelle belle collaboration ! s'enthousiasma le négociant. À toi le service à thé en porcelaine et à moi le breuvage !

À chacune de ses visites, Adolphe de Montbalait repartait avec de gros sacs remplis de feuilles de toutes sortes. Quand il n'en avait plus, il commanditait un ouvrier de la fabrique pour qu'il monte à Paris et lui ramène quelques compositions.

Cette période bénie des Dieux dura jusqu'en 1907, année où son fidèle compagnon rejoignit son frère déjà occupé à faire pousser des théiers au paradis. Privilège suprême, le comte avait été admis avec la famille proche lors des derniers instants du mourant. Alors qu'il pleurait à chaudes larmes, persuadé que les enfants ne seraient pas capables de reprendre les rênes de l'entreprise, Édouard Mariage lui fit signe de s'approcher.

— Ne pleure pas car tout commence pour toi. Il existe un marchand de thé à Saint-Malo qui réalise ces compositions parfaites qu'il ne m'a jamais été possible de créer, celles dont je te parlais souvent. Ces parfums que j'ai cherchés toute ma vie, ils sont enfermés dans des boîtes au fin fond d'une boutique.

L'industriel fut décontenancé quelque instants avant de réagir :

— Quel est son nom ? hurla-t-il en secouant le mourant, sans parvenir à se maîtriser.

Le vieux chuchota quelques mots, puis s'éteignit.

Alors qu'Édouard Mariage était inhumé le lendemain matin avec le faste et la grandeur qui siéent à son rang, Adolphe de Montbalait arpentait déjà la route vers les « Feuilles Divines », à Saint-Malo. Quelques heures plus tard, le corps d'Édouard reposant enfin près de son frère dans le caveau familial, l'industriel faisait la connaissance du colonel Arlington, le propriétaire génial de la boutique.

Le comte avait contribué à faire découvrir l'échoppe à tous les amateurs de thé de France et même d'Europe. Certes, ses amis proches de Limoges n'avaient montré aucun enthousiasme à l'annonce de la boutique, mais c'est à travers *La Feuille de thé*, le journal des amateurs français dont il était un des collaborateurs les plus fervents, qu'il vanta les multiples qualités des mélanges du colonel anglais. Saint-Malo devint immédiatement un lieu de pèlerinage et l'échoppe prospéra fort justement.

C'était peu dire que sir Arlington considérait le comte comme son plus fidèle client. Il l'avait à cet égard remercié l'année précédente en créant le thé Montbalait, un puissant mariage de feuilles de Ceylan et d'Inde, au goût presque chocolaté, idéal pour le matin.

— J'ai longuement hésité entre cette composition et une préparation plus curieuse à base de fruits exotiques, lui avait-il expliqué le jour de la dégustation, qui aurait convenu davantage à vos aspirations. Mais il m'a semblé au final que vous méritiez un mélange plus robuste et plus sûr.

Et en cette journée du mois d'août 1912, il venait de nouveau le trouver pour ramener chez lui des mélanges, nouveaux et anciens, qui n'auraient de cesse de l'enchanter.

La vitrine ne payait pas de mine. Elle était située au bout d'une rue, sous une passerelle qui reliait le bâtiment de gauche, celui du colonel, au bâtiment de droite.

Au-dessus de la vitre, on avait peint sur une simple planche de bois le nom de la boutique. Une enseigne, sur laquelle étaient dessinées des feuilles de thé, dominait l'huis et grinçait au gré du vent.

À peine avait-il entrouvert la porte de la boutique que le ravissement l'envahissait. Un parfum raffiné lui emplissait les narines, et c'était un réel plaisir pour lui que de s'offrir un tour du magasin tout en humant, même si ce manège pouvait paraître idiot ou déplacé. Il ne rejoignait le colonel Arlington qu'à la fin de ce rituel.

Le vieil homme montait de son atelier dès qu'il entendait la petite clochette carillonner. Claudicant à cause d'une vilaine blessure de guerre qu'il avait ramenée d'Inde, il s'aidait de sa canne faite d'une branche de théier pour gravir l'escalier étroit. C'était à ce bruit caractéristique que le comte devinait l'arrivée de son ami.

Le comte détourna son regard des magnifiques boîtes à thés de la vitrine. Le crépuscule orangé conférait un éclat étrange au métal. Il avait supplié le propriétaire des lieux de lui en céder une ou deux, peu importait le prix, mais le colonel se montrait inflexible.

— Bienvenue à Saint-Malo, monsieur le comte ! lança sir Arlington.

Adolphe de Montbalait alla à sa rencontre et lui serra la main avec force.

— Je viens pour mes réserves d'automne, colonel, commença le Français.

— Est-ce à dire que vous ne reviendrez pas de sitôt ?

— Hélas, non, soupira le gentilhomme, visiblement peiné. L'époque des fêtes de fin d'année ne me laisse que peu de temps pour les loisirs.

— N'était-il pas question que votre fils aîné reprenne le flambeau pour que vous goûtiez enfin à une retraite bien méritée ?

— Évitons les sujets qui fâchent, trancha le comte, les lèvres pincées. Ce bon à rien est monté à Paris pour vivre la bohème. Il écrit, vous vous rendez compte ?

Le colonel, qui avait grand respect pour les hommes de lettres, secoua la tête de dépit pour satisfaire son interlocuteur.

— Mais de quoi vit-il alors ? Il ne me semble pas avoir déjà vu en librairie un livre signé de Montbalait...

— Dieu nous en préserve ! tonna le gentilhomme.

Il se signa immédiatement.

— Je lui ai coupé les vivres, mais sa mère doit lui envoyer des mandats en secret. Elle doit rêver de la réussite littéraire de cet imbécile. Quand les éditeurs l'auront bien saigné et qu'il sera exsangue, il reviendra tout penaud implorer mon pardon.

— Je n'en doute pas un seul instant, renchérit le

colonel qui tripotait nerveusement le bout de sa canne.

Il fit quelques pas derrière le comptoir.

— Tout cela est bien dommage car je suis en train de peaufiner un nouveau mélange, ajouta-t-il. Un mélange que vous apprécierez très certainement.

— En aurais-je la primeur ? demanda le comte, la lèvre pendante.

— Vous savez bien que ma déontologie me l'interdit, répondit sèchement le colonel. Je ne fais jamais goûter une préparation non achevée.

Les épaules du Français s'affaissèrent d'un coup. Voilà près de six mois que le propriétaire des « Feuilles Divines » se reposait sur ses lauriers, ne proposant aucun nouveau thé à sa fidèle clientèle.

— Et quel sera le nom de votre nouvel enfant ? se risqua le gentilhomme, bien décidé à en savoir plus pour annoncer la nouvelle aux lecteurs du journal.

— Je n'y ai pas encore réfléchi. Ce sera quelque chose de feutré, un mélange de poire, de cerise et d'amande avec beaucoup d'épices... On ne sentira leur présence qu'au tout début, puis les fruits se distingueront.

Il fallait entendre cette énumération de la bouche du colonel, qui égrenait les mots avec son délicieux accent anglais. Le comte en resta bouche bée.

Un cri retentit alors de l'étage, suivi immédiatement d'un bruit de verre cassé.

— Farrokh, du calme ! cria sir Arlington en anglais.

— Comment va votre aide de camp ? s'inquiéta Adolphe de Montbalait.

Le colonel prit un air soucieux.

— Il est très nerveux en ce moment... Les événements de ces derniers jours ne font rien pour le rassurer. Il croit voir des souris partout et les traque à longueur de journée.

À cet instant, le domestique se manifesta, un long poignard effilé entre les dents. Il était drapé dans un morceau d'étoffe blanche et portait un turban serti d'une pierre à l'aspect terne. Il laissa échapper quelques mots incompréhensibles avant de se coucher par terre et de ramper vers les boîtes à thé près du comptoir.

— Farrokh ! Tu ne dis pas bonjour au comte ?

L'Indien ne répondit pas et continua son curieux manège. Il ouvrait chaque boîte puis plongeait la main dedans. Comme il fallait s'y attendre, il ne ramenait jamais de souris entre ses mains puissantes et exprimait son mécontentement à l'aide de borborygmes.

Le colonel se contenta de soupirer.

— J'espère que vous ne vous en formaliserez pas. (Devant le signe négatif de son client, il continua :) Je vous prépare votre colis habituel ?

— Faites, faites, sir Arlington.

Le colonel claudiqua aux quatre coins de sa boutique. Il remplit des petits et des grands sachets de bon nombre de ses mélanges. Le comte le suivait pas à pas pour humer les parfums qui restaient en suspens dans l'air après l'ouverture de chaque boîte. Il n'avait nullement besoin d'utiliser sa balance. Cela aurait été une offense faite à son meilleur client. Il n'était pas à quelques dizaines de grammes près.

— Ah ! se souvint d'un coup l'industriel. Vous me mettrez un bon kilo du thé portant mon humble patronyme. Noël approche et j'aime à l'offrir à mes ennemis.

L'Anglais sourit et s'exécuta.

— Et puis, il me faudrait autre chose, continua Adolphe de Montbalait. Un thé vert racé, de ceux que l'on n'oublie pas sitôt bu...

Le colonel n'hésita pas une seule seconde et sortit une boîte de derrière le comptoir.

— Je l'avais rangé ici au cas où vous viendriez à me demander un excellent thé vert, déclara le propriétaire en adressant un clin d'œil à son client. Il fait partie de ma réserve personnelle. Si vous voulez le sentir ?

Il enleva le couvercle et pencha la boîte. Une odeur de chlorophylle happa le nez du Français.

— Une merveille, bredouilla ce dernier.

— Le Dong Yang Dong Bai ! Je vous en mets un sachet moyen ?

Le comte approuva. Le total exorbitant en bas de la note que lui présenta sir Arlington le ravit. Il sortit une liasse de billets de son portefeuille et la tendit à son fournisseur.

— Vous garderez le reste pour vos bonnes œuvres en Inde ! Que la famille de ce bon Farrokh en profite !

— C'est très généreux à vous.

Le marchand prit la liasse et la rangea dans un tiroir.

— Vous repartez toujours demain matin ?

— Certainement, je ne peux m'absenter plus longtemps. Cela fait toujours des séjours très courts, mais on ne peut pas dire que je suis attaché à la ville ! Je donnerai cher pour que vous vous installiez à Limoges !

Le colonel rigola de cette boutade. Pour rien au monde, il ne descendrait dans cette partie au centre de la France. Il serait trop loin de l'Angleterre. De toute façon, il ne pouvait vivre que dans un port, il en était persuadé.

— Et puis ma femme me fait toute une vie à chaque fois que je pars quelques jours.

Le colonel haussa les épaules en soupirant. Les considérations matrimoniales l'avaient toujours ennuyé.

Au-dehors, la nuit était maintenant tombée. Comme toujours, le comte de Montbalait serait le dernier client.

Dans le lointain, on eût dit que des chiens aboyaient avec rage.

— Mais, au fait, fit le Français, vous évoquiez tout à l'heure les événements qui ont bouleversé votre aide de camp...

Le visage du colonel se fit soucieux.

— Des choses bien étranges se trament en ce moment dans la ville, monsieur le comte, et cela ne me rassure pas. On a retrouvé le cadavre d'un homme dimanche dernier sur les remparts. Des chiens lui avaient presque arraché la tête.

— C'est atroce ! frissonna le gentilhomme. Il y aurait de tels monstres en liberté dans Saint-Malo ?

— Il semble qu'il n'est plus sûr de se promener seul la nuit. Des vandales recouvrent également les monuments historiques de grands draps noirs.

Le comte serra plus fort les anses de son grand sac.

— Bigre ! lâcha-t-il. Espérons que je ne tombe pas nez à nez avec ces énergumènes.

— Faites attention ! Je ne me pardonnerais jamais s'il vous arrivait quelque chose. Hâtez votre pas !

— Vous avez raison, approuva le gentilhomme. Je vais me dépêcher.

Il tendit sa main au propriétaire de la boutique qui la serra.

— Que Dieu vous protège ! lança le colonel.

Mais le comte était déjà parti. Il était temps de baisser le rideau de fer.

Adolphe de Montbalait monta sur les remparts et se retrouva Porte de Dinan. Là haut, il aurait bien moins de chance de croiser un de ces vandales. Quant aux chiens, eh bien, il suffisait de ne pas y penser, voilà tout !

Son sac lui pesait et il s'essouffla plus vite qu'à son habitude. Il n'y avait personne sur les remparts. Cela lui parut bien étrange. D'ordinaire, on croisait des couples d'amoureux ou d'anciens matelots qui fixaient la mer, la larme à l'œil. Ce soir, le comte était bien le seul badaud.

Le vent soufflait avec force et il dut s'arrêter plusieurs fois pour agripper le parapet, de peur d'être déstabilisé. La lune dans le ciel brillait avec une vivacité que le comte ne lui connaissait pas.

Il avait quitté bien précipitamment son ami ce soir-là, car ces histoires de chiens fous et de vandales ne le rassuraient pas. Il aurait aimé continuer la discussion avec le marchand de thé pour tenter de lui soutirer quelques recettes ou même pour l'implorer une énième fois de le laisser pénétrer dans son atelier secret, là où il mélangeait les feuilles avec tant de grâce. Mais le colonel s'était toujours montré inflexible à ce sujet et en interdisait purement et simplement l'accès. Même son dévoué Farrokh ne pouvait en franchir le seuil.

À chaque fois qu'il quittait Limoges pour se rendre à Saint-Malo, il espérait secrètement que sir Arlington lui autoriserait la visite de ce lieu sacré et lui donnerait ainsi la matière à un des plus fameux reportages que *La Feuille de thé* n'ait jamais publié.

L'année précédente, à la même période, il avait lancé un concours dans le journal, demandant aux lecteurs d'imaginer — dans un texte ou à travers un dessin — l'intérieur de ce sanctuaire. Des centaines de réponses affluèrent au journal et ce fut un Espagnol de Saragosse qui l'emporta haut la main avec une maquette en plâtre de l'atelier, peinte et décorée avec moult détails. Elle trônait encore dans le bureau du rédacteur en chef.

Le colonel n'avait jamais soufflé mot à ce sujet, mais il ne devait pas être peu fier d'un tel engouement pour son travail et sa boutique.

À cette pensée, Adolphe de Montbalait ne put s'empêcher de sourire. Avec le prochain numéro du journal, il joindrait une lettre personnelle à l'intention de sir Arlington dans laquelle il lui dirait une nouvelle fois toute son admiration.

Il ne croisa vraiment personne sur les remparts. Heureusement, quelques fenêtres allumées lui permettaient de se repérer sur le chemin menant à son hôtel.

C'est en passant devant la statue de Jacques Cartier que les glapissements des chiens se firent plus pressants.

Son cœur fit un bond dans sa poitrine. Les chiens ! C'était justement ce qu'il fallait craindre en ce moment à Saint-Malo. Des molosses qui vous dévoraient au cours de votre promenade nocturne...

Les aboiements se rapprochèrent. De cela, le comte en était certain. Subitement, le sac sembla lui peser des tonnes. Il le handicaperait pour fuir si les animaux venaient à le prendre en chasse.

De toute façon, son âge et son embonpoint l'empêcheraient de vendre chèrement sa peau. Et puis, il n'était pas question d'abandonner ici ses paquets de thé.

Il se hâta, espérant que les aboiements allaient s'atténuer ou même cesser.

C'est ce qui arriva alors qu'il accélérait le pas devant la porte Saint-Pierre. Il avait hésité quelques secondes pour descendre et rejoindre les petites ruelles, craignant de se perdre. C'est à cet instant qu'il se réprimanda de ne pas avoir accordé plus de temps pour mieux connaître la ville elle-même, trop lugubre à son goût, presque fantomatique.

Plus qu'une centaine de mètres et il arriverait à la porte des Bés, non loin de son hôtel. Cette pensée le rassura et il essuya d'un revers de manche la sueur de son front qui lui coulait désagréablement sur les sourcils.

Mais il ne l'atteignit jamais. Lorsqu'il entendit de nouveau les glapissements des chiens, la mâchoire d'un des molosses s'était déjà refermée sur sa cheville, lui arrachant un cri qui se perdit très certainement dans le bruit des vagues. Les animaux l'avaient sagement attendu derrière une tour de pierre.

Le deuxième chien donna un violent coup de tête sur le sac du comte et son contenu se déversa à terre. Aussitôt, il le mordit à la cuisse. Le malheureux glissa sur le sol et sa tête heurta la pierre recouverte des feuilles de thé aux multiples parfums.

C'est une fois au sol que les chiens s'attaquèrent au visage. On eût dit qu'ils avaient été dressés à l'attaque, s'accordant dans chacun de leurs mouvements, comme s'ils exécutaient une chorégraphie sanglante.

Le comte Adolphe de Montbalait cria tant et tant qu'il en perdit la raison. Les lumières des habitations s'éteignaient toutes au lieu de s'allumer pour faire déguerpir les bêtes féroces. Dans un dernier mouvement incontrôlé, il renversa sa tête en arrière. C'est alors qu'il vit la silhouette d'un homme vêtu d'un long manteau noir et d'une casquette. Il ne vit pas son visage, mais il jura qu'il ricanait.

La vision de ce cou immaculé était bien trop tentant pour le chien à sa droite. En un dixième de seconde, il planta sa mâchoire dégoulinante de sang dans la gorge du gentilhomme.

La douleur insoutenable lui fit enfin perdre connaissance.

Ce n'est qu'une fois ses vêtements déchiquetés, quand la victime rendit son dernier soupir, que l'homme rappela ses chiens d'un simple sifflement.

Il leur flatta la nuque en les félicitant pour leur prouesse du soir.

Ensuite, il sortit un mouchoir de sa poche et essuya leurs babines. Il rempocha le morceau de chiffon et, sans un regard vers la scène, il s'en éloigna. Les deux chiens marchaient sagement derrière lui, leurs queues bringuebalant de droite à gauche puis de gauche à droite.

Derrière, le vent éparpilla les feuilles de thé tout autour du cadavre, offrant au comte de Montbalait une bien étrange sépulture.

2

— Ce n'est plus tolérable ! glapit M. Buisson, le député maire de Saint-Malo qui avait réuni dans la grande salle de l'hôtel de ville tous les membres du conseil municipal.

Voilà à peine trois mois qu'il occupait la plus haute fonction de la ville et il devait déjà faire face à l'adversité.

Sir Arlington se tenait légèrement en retrait de l'imposante cheminée. Il ne perdait pas une miette de l'intervention de l'édile.

— Quelqu'un se paye notre tête dans cette ville ! continua de vociférer l'élu, qui semblait avoir retrouvé sa verve préélectorale. Ne vous trompez pas ! Quelqu'un qui veut me nuire, et qui, par moi, veut nuire à vous tous et aux habitants de Saint-Malo, sans aucune exception.

Les élus de l'opposition, pourtant enclins à s'émouvoir, restèrent muets. Il ne s'agissait pas de s'enflammer devant de tels événements. Le consensus était de rigueur. La fois dernière, les chiens avaient dévoré un vulgaire sans-logis, mais cette fois-ci, il s'agissait d'un des industriels les plus respectés de France. La nouvelle allait faire la une des journaux et la veuve allait très probablement demander justice au ministre en personne. La colère du maire était, pour cette fois, compréhensible.

— Le comte de Montbalait est mort il y a trois jours maintenant. Il est la seconde victime de ces chiens fous. Il nous faut trouver et arrêter le propriétaire de ces molosses ! Le conseiller Fourcade divague lorsqu'il veut nous faire croire qu'il s'agit de deux animaux en liberté !

Il lança un regard noir vers un petit homme au crâne chauve, qui se renfrogna immédiatement dans sa chaise.

— Messieurs, c'est une véritable déclaration de guerre que ce vandale nous déclare ! Non content de salir nos monuments, de défigurer nos statues, le voilà qui assassine sans vergogne nos habitants et nos visiteurs !

— Et n'oubliez pas les boulets de canon dans les remparts ! lâcha quelqu'un dans l'assemblée.

— Une infamie de plus ! cracha le maire qui, à force de hurler, devenait rouge comme les tentures de la grande salle. L'homme ne peut agir seul, il s'agit bien d'un groupe que nous nourrissons en notre sein ! Des concitoyens peu soucieux de respecter la grande tradition de notre ville.

Cette harangue l'avait tant épuisé qu'il se laissa choir sur sa chaise. Un élu de l'opposition en profita pour prendre la parole.

— Ce n'est pas si absur...

C'était sans compter sur la résistance de l'édile qui se raidit de nouveau et continua :

— C'est pourquoi j'ai sollicité l'aide du plus grand détective français ! Il secondera la gendarmerie pour démasquer nos adversaires ! Il n'a rien à envier à Sherlock Holmes, croyez-moi bien ! S'il s'est retiré des enquêtes criminelles depuis un bon bout de temps, il est resté le plus qualifié pour ce travail. Et même si ses honoraires sont élevés, j'ai émis l'idée que nous pourrions lever un impôt provisoire pour s'acquitter de ses services.

Son ton montait au fur et à mesure et son gros ventre tapait contre la table. Il lissait ses moustaches avec délice. Les membres du conseil s'attendaient à voir surgir cet homme providentiel par la grande porte.

— Vous n'ignorez pas l'identité ce grand homme, j'ai nommé Joseph Rouletabille !

Des exclamations montèrent de l'assemblée, mais la porte resta désespérément close.

— Hélas, il a décliné l'invitation, grogna le député en se rasseyant. Nous voilà dans un sacré pétrin.

L'élu de l'opposition profita de nouveau de ce silence pour intervenir.

— Ce n'est pas si absurde que cela d'envisager les choses sous un angle, je dirais, moins rationnel que le vôtre.

Il enchaîna, devant les regards interloqués des membres du conseil.

— Il me semble manifeste que tout ne peut être expliqué de façon logique... Enfin ! Soyons sérieux ! Si quelqu'un voulait jeter le discrédit sur notre belle cité, il le ferait autrement qu'en exhumant de vieilles traditions pour les remettre au goût du jour ! Le vandalisme contemporain ne s'encombre pas des contes et légendes d'autrefois ! Pourquoi recouvrir nos monuments de draps noirs frappés de la tête de mort, symbole des pirates ? Pourquoi ne pas simplement les peindre ? Et pourquoi envoyer des boulets de canon sur les remparts de la ville depuis un vieux galion de corsaire voguant sur les flots ?

— C'est une vielle femme qui a rapporté cela, coupa le maire. Elle divague !

— La gendarmerie a reçu plus de dix témoignages concernant ce vaisseau fantôme, reprit calmement l'élu. Il me semble difficile de remettre en cause la parole de dix de nos administrés... Alors ? Quant aux chiens, ils me rappellent une triste période de l'histoire de notre ville, messieurs...

On entendit quelques toussotements dans la salle. Sir Arlington, toujours appuyé contre la cheminée, connaissait la légende des chiens du guet dès son arrivée dans la cité Malouine. Il la trouvait particulièrement saisissante pour ce qui était de décrire le caractère de Saint-Malo.

— L'histoire remontait loin dans le temps. Au VIe siècle, la ville intra-muros n'était peuplée que de quelques pêcheurs et de quelques bergers, réunis autour d'un ermite du nom de Aaron. C'est sur cet îlot rocheux qu'un moine gallois, MacLaw, débarque pour évangéliser la population. Il donnera son nom actuel à la ville. Sa population grossira pendant les guerres incessantes entre les Francs et les Bretons durant l'invasion normande. Au début du Xe siècle, les habitants de l'antique cité d'Aleth migrèrent vers Saint-Malo dont la position permet une défense plus solide.

» En 1146, Jean de Châtillon, évêque d'Aleth, transfère le siège épiscopal sur l'îlot rocheux. Il étend la ville et ordonne sa fortification. Des remparts sont élevés tout autour et on renforce la forteresse par de nombreux postes et tours d'observation. Il faut à tout prix défendre la cité et l'évêque ne recule devant rien.

» À la tombée de la nuit, une milice monte la garde sur les remparts. En 1155, l'homme d'Église prend une décision qui fera date : des énormes chiens affamés, que l'on appelle les chiens du guet, seront lâchés tous les soirs sur les plages qui entourent la ville et dans le port pour protéger les chantiers navals installés aux pieds des fortifications. Malheur à celui qui tombait sous leurs crocs !

» Les bêtes ne laissaient jamais le rôdeur fuir. Une fois attrapé, il n'avait plus qu'à prier pour que la mort vienne avant la souffrance. Lorsqu'un milicien arrivait, alerté par les hurlements des chiens, leur victime était déjà réduite en charpie et son sang bu par le sable de la grève. L'évêque n'eut jamais à se justifier de cette méthode pour le moins expéditive. Les résultats probants contentaient la population qui prenait même en affection les animaux.

» Et cette méthode expéditive dura jusqu'en 1770. Dans la nuit du 4 au 5 mars de cette triste année, les dogues auraient dévoré un jeune officier de marin qui avait imprudemment regagné Saint-Malo, après le couvre-feu, à la suite d'une visite nocturne à sa fiancée de Saint-Servan. Les bêtes l'attaquèrent dans le port à marée basse. On les empoisonna toutes le lendemain.

» Ainsi disparurent les chiens du guet.

Le célèbre marchand tripotait sa canne avec insistance. Ses mains étaient moites. L'horrible mort de son plus fidèle client lui donnait un sacré coup au moral.

— C'est pourquoi, messieurs, continua l'élu de l'opposition, il ne me semble pas viable de déclarer que nous avons à faire à un groupe de vandales. L'ennemi est à mon avis bien plus diffus. Ceux contre qui nous devons nous battre, messieurs, ce sont les fantômes de Saint-Malo !

Un ricanement général envahit la salle.

— Silence ! cria le député qui avait, lui, gardé son sérieux. Le moment ne me semble pas être à la rigolade ! Le fond de la pensée du conseiller Bétancourt ne me semble pas si idiot. Cette histoire de bateau fantôme me tourmente. Si la gendarmerie a recueilli tant de témoignages, c'est quand même troublant.

Un silence pesant s'installa dans la salle du conseil.

— Il se peut que le vandalisme ne soit pas la première idée de ces esprits tordus. Mais alors, que peut-elle bien être ?

— Si je puis me permettre...

Tous les regards se dirigèrent vers l'imposante carrure de sir Arlington. Sans sa canne et ses cheveux blancs, on eût encore dit un rugbyman dans la force de l'âge. Le maire se retourna pour s'assurer qui demandait la parole.

Il l'avait admis car l'Anglais était un proche de la seconde victime et parce qu'il disait pouvoir faire avancer l'enquête dans le bon sens.

M. Buisson termina sa tasse de café devant le regard réprobateur du marchand, qui s'assit enfin. Il avait le thé en horreur et le considérait comme une boisson réservée aux femmes et aux invertis. Selon lui, il ne fallait pas aller plus loin pour expliquer le penchant des Anglais pour la pédérastie. Du reste, il ne se faisait pas d'illusion sur les préférences du vieux colonel, vivant avec pour seul compagnon un serviteur indien qui passait ses journées, perché sur la passerelle enjambant la rue de Vauborel, à pointer avec son tromblon chaque passant suspect à ses yeux. Le maire ne comptait plus le nombre de plaintes qu'il avait enregistré à ce sujet.

— Vous n'ignorez pas que le comte était un de mes plus fidèles clients, commença le vieil homme, la voix chargée de trémolos. C'est à lui que je dois en grande partie la renommée internationale de mon modeste magasin. C'est pourquoi je ne peux rester les bras croisés à attendre !

— Ce n'est pas non plus notre état d'esprit, sir Arlington, grinça l'édile, exaspéré par l'accent maniéré du marchand.

— J'en conviens, monsieur. Et c'est pourquoi je vous annonce ici une grande et heureuse nouvelle pour notre ville ! Ted Scribble a accepté de venir nous aider à triompher des forces du mal !

On s'échangea des regards interrogateurs autour de la table. Le gentilhomme se départit rapidement de son sourire. La renommée du grand détective anglais n'avait pas dépassé les frontières de l'Angleterre.

— N'est-ce pas lui qui a mis fin aux agissements d'une prétendue attraction foraine en plein cœur de la City il y a une dizaine d'années[1] ? demanda soudainement un conseiller, libraire à Saint-Malo.

— C'est exact, monsieur ! clama le marchand de

1. N'hésitez pas une seule seconde, lecteur, à vous plonger dans la terrifiante histoire de *La Crypte du pendu*, dans la même collection.

thé. Ce fut son premier triomphe, mais certainement pas son dernier ! Ted Scribble, c'est l'Attila de la justice ! Là où il passe, le crime ne repousse pas !

— Cet homme est-il digne de notre confiance, Alfred ? demanda le député au libraire.

— Certainement.

Ses yeux pétillaient de joie.

— Son nom me revient à présent et avec lui toutes les affaires qui ont défrayé la chronique outre-Manche. À ses débuts, il était chroniqueur au journal *The Shore*, un quotidien que je vends dans ma boutique, même si je le trouve affreusement populaire. Maintenant, il se consacre entièrement aux enquêtes et à l'écriture des pièces de théâtre.

— Et comment l'avez-vous décidé à venir ici, sir Arlington ? demanda l'édile qui retrouvait une ébauche de sourire.

— Vous n'ignorez pas la fraternité qui me lie au roi d'Angleterre, George V. C'est lui-même qui a demandé au détective de venir nous aider ! Scribble n'est pas homme à badiner avec l'autorité de son souverain. Il arrivera ce soir, un bateau spécialement affrété par la Couronne le déposera au port. Il logera dans mon humble demeure.

La salle s'emplit alors d'un brouhaha que les coups répétés du poing de M. le maire sur la table ne parvinrent pas à faire cesser.

— Silence ! Silence !

Un semblant de calme réapparut. Certains conseillers s'étaient même levés pour congratuler chaudement le colonel Arlington.

— Ne crions pas trop tôt victoire ! fit observer M. Buisson. Prions simplement pour que votre grand homme nous aide à vaincre ces turpitudes.

Il tapa un grand coup sur la table en criant :

— La séance est levée !

Tout le monde bougea pour gagner la sortie. Le député se força à serrer la main de sir Arlington puis accompagna le vieil homme claudicant vers la porte.

C'est en passant devant la place du conseiller de l'opposition qui avait pris la parole l'instant d'avant qu'un frisson lui parcourut l'échine.

Sur un papier laissé sur la table, l'homme avait dessiné le vieux galion de pirates que les témoignages décrivaient. En bas de la page, au crayon de papier, il avait écrit cette phrase : « Personne ne triomphera des fantômes de Saint-Malo. Ted Scribble pas plus qu'un autre. »

3

Dire que Ted Scribble souffrait du mal de mer à bord du bateau le menant vers la rade de Saint-Malo n'était qu'un doux euphémisme.

Depuis son départ de Portsmouth, le grand détective anglais souffrait d'horribles nausées qui lui sciaient littéralement l'abdomen.

C'était en sa qualité d'envoyé spécial de Sa Majesté le roi George V que le capitaine du navire, un nommé Baffrey, l'avait accueilli à bord.

— Bienvenue, Mr Scribble ! s'était réjoui le petit homme qui, en lieu et place de la traditionnelle jambe de bois, en portait une en argent. Le roi a bien fait d'affréter mon bateau pour vous conduire à bon port, je suis le capitaine le plus habile de la côte !

Ses hommes, disposés tout autour de lui et le dominant tous de deux têtes au moins, avaient approuvé dans un soupir.

— Vous trouverez dans votre cabine le nécessaire pour passer une agréable traversée (il fit un clin d'œil au détective). Le roi n'a pas lésiné sur la marchandise, vous ne serez pas déçu.

Le navire était une belle embarcation moderne. Il ne s'agissait pas de ces vieux bateaux de flibustier sans confort, mais bien d'un véritable navire de plaisance. La voilure de classe et les bastingages rutilants donnaient au bâtiment un gage de sûreté. En plus des chambres des marins, on trouvait deux superbes cabines aux décorations l'une égyptienne, l'autre romaine, dont les détails reflétaient un certain sens du luxe. Baffrey le louait à de riches hommes d'affaires londoniens, désireux de partir à l'aventure pour un week-end ou une semaine en compagnie de leurs illégitimes. Le détective se demanda comment le roi pouvait bien connaître l'existence d'une telle entreprise.

Il avait tenu à rester sur le pont alors que le bateau s'éloignait des côtes de sa belle Angleterre. Et voilà qu'il quittait le pays pour la première fois de son existence, si l'on exceptait un court séjour en Irlande. Il se rappela les paroles du roi et cela lui mit du baume au cœur.

— Mon ami le colonel Arlington a besoin de vous, Ted !

Cette familiarité avait ému l'auteur dramatique.

— Nous allons montrer à ces foutus Français de quel bois il est fait, l'Anglais !

Il tapa si fort sur son bureau que le portrait de sa défunte mère accroché au mur tomba à terre.

— Parbleu ! Vous êtes en mission pour la Couronne, Scribble, malgré son caractère officieux ! C'est à moi que vous viendrez rendre compte de vos résultats. Sir Arlington est un de mes plus fidèles amis et je ne saurai me résoudre à le décevoir ! C'est pourquoi je vous ai choisi !

Le ton vindicatif de George V fit redouter au

détective une de ces affaires retorses d'espionnage qui fleurissaient ici et là dans l'Europe de ce début de siècle. Il ne se connaissait aucune disposition naturelle pour pénétrer dans les arcanes du pouvoir et démêler ce genre de situations. Il fut rassuré quand le roi lui raconta la teneur des incidents de Saint-Malo.

— Notre compatriote s'émeut à juste titre de ces événements, Ted ! Et si la gendarmerie française a décidé de se croiser les bras, ce n'est certes pas une attitude digne de ma grande lignée !

Scribble n'avait pu placer un mot durant cette entrevue. Le souverain avait terminé par ces quelques mots :

— C'est à vous, représentant de l'Angleterre et des Windsor, de triompher de ce mystère ! Que Dieu vous garde !

La voix était chevrotante. Le détective, gêné, bafouilla un « Que Dieu sauve le roi ! »

En sortant du palais, Scribble ne put s'empêcher de se demander si les ragots concernant la sobriété du souverain anglais colportés par la presse à scandale étaient inventés de toutes pièces ou bien réellement fondés.

Ce fut la voix de Baffrey qui le tira de ses souvenirs. Le capitaine s'obstinait depuis le début à porter un perroquet vert et jaune sur son épaule. L'oiseau passait son temps à lui arracher ses quelques rares cheveux à l'aide de son bec.

— Rejoignez votre cabine, Mr Scribble. Une tempête se prépare et je n'aimerais pas vous perdre dans les flots.

Deux jeunes femmes à moitié nues étaient allongées sur le lit et se dénudèrent encore un peu plus lorsqu'elles virent entrer Scribble dans la cabine. Près du lit, un gigantesque buffet avait été dressé. On y trouvait des sandwichs, des puddings ainsi qu'une multitude de fruits et de boissons. C'est ici que la nausée s'empara du grand détective. Était-elle due à l'abondance de nourriture, au tangage lancinant du navire ou bien à la présence de ces deux prostituées s'évertuant à tenir devant lui des positions lascives et obscènes ?

Il sortit de la chambre en courant et vint trouver le capitaine Baffrey pour exiger une nouvelle cabine.

— Hum ! réfléchit le chef à bord, soucieux. C'est apparemment impossible, mais je vais me débrouiller.

Il laissa son volatile sur l'épaule de Ted malgré ses protestations et descendit. Le perroquet en profita pour mordre le nez de Scribble avec force.

Quand Baffrey revint, le détective était penché par-dessus bord, victime de son mal de mer.

— C'est arrangé, lui glissa le capitaine à l'oreille. Vous prendrez la couchette tout à côté. Elle n'est pas aussi luxueuse, bien sûr, mais mes hommes ne se sont pas fait prier pour occuper la vôtre.

Ted le concevait fort bien. Il gagna sa nouvelle cabine, dont la crasse lui rappela son appartement de Whitechapel, et tenta de trouver le sommeil entre les halètements venant de la chambre d'à-côté et le bruit des vagues se fracassant contre la coque.

Il s'assoupit pendant deux heures mais, à son réveil, la nausée le reprit. Il décida de retourner sur le pont, persuadé que le grand air lui sera bénéfique.

Au-dehors, la mer était à nouveau calme et le soleil cognait, faisant rutiler du même coup la jambe en argent du capitaine.

— Alors ? Remis de vos petites émotions, Mr Scribble ?

Ted marmonna quelques mots inaudibles. Le perroquet se mit alors à piailler son nom.

— C'est une excellente nouvelle qu'il prononce votre nom ! s'enthousiasma le capitaine du navire. Aux Caraïbes, on l'appelait l'oiseau de la bonne aventure. Il ne prononce que le nom de ceux pouvant prétendre à la fortune et à la gloire !

Il se tourna vers le volatile, occupé à mâcher tant bien que mal une touffe de ses cheveux.

— N'est-ce pas, Flying Shark ? fit-il. Allez... dis « Baffrey » ! montre à Mr Scribble que tu sais aussi dire mon nom.

Mais à la place du patronyme, le perroquet lâcha un juron de la pire espèce, ce qui fit glousser les marins.

Lassé par le pitoyable spectacle que lui offrait Baffrey, Ted passa le reste de la traversée dans sa cabine.

Le capitaine vint le déranger alors que le soleil disparaissait à l'horizon. Saint-Malo était en vue. Ils gagnèrent tous deux le pont. Ted emporta avec lui son sac de voyage. Les imposants remparts avaient dû dissuader plus d'un navire ennemi. Cela rappela à Ted une anecdote au sujet de la ville. Il ne fallait pas croire que le détective se lançait à l'aventure sans noter quelques renseignements au sujet de sa destination. Tom, l'adolescent qui travaillait pour son ancien journal et qui ne dédaignait pas lui rendre quelques services, avait épuisé toutes les archives et tous les livres de la National Library au sujet de Saint-Malo. Il avait rendu un rapport de dix pages à l'intention de son mentor, truffé de fautes d'orthographe.

En 1693, les Anglais en guerre en avaient assez de Saint-Malo et de sa prétendue invincibilité. Dans les états-majors, on surnommait la ville le « nid de guêpes ». Dans le plus grand secret, ils mirent à contribution les artificiers les plus ingénieux du royaume pour construire une véritable machine infernale : un bateau bourré de poudre et de ferrailles censé pulvériser la cité au premier impact.

C'est le 26 novembre de la même année qu'ils lancèrent l'engin meurtrier. Il était accompagné d'une flotte qui commença immédiatement une attaque en règle durant la journée. Puis le soir vint et les embarcations anglaises se retirèrent derrière le fort de la Conchée, au loin. Les habitants crièrent victoire, pensant avoir repoussé l'ennemi. Mais ce n'était qu'une ruse des Anglais qui attendirent la nuit noire pour lancer leur machine de guerre.

Et vers minuit, le ciel s'embrasa soudainement. Une épouvantable explosion vint illuminer les ténèbres et une pluie de projectiles s'abattit sur la ville. Les Malouins se réveillèrent en sursaut pour constater que leur cité n'avait subi aucun dommage. Censé s'écraser contre la tour Bidouane, une poudrière située dans les remparts de la ville, le navire de guerre s'était échoué beaucoup plus au large, sur les récifs. Cette victoire renforça le caractère inexpugnable de Saint-Malo.

Aucune victime parmi les Français n'était recensée. Seul le capitaine anglais de l'escouade trouva la mort. Certains prétendaient qu'il s'était tiré un coup de pistolet dans la tête, d'autres que ses hommes l'avaient exécuté. D'autres encore affirmaient que le militaire serait passé par-dessus bord, sa bouteille de whisky à la main, quelques minutes après avoir lancé le dernier assaut.

L'histoire fit sourire le détective. Un lien de parenté entre ce capitaine et le dénommé Baffrey ne saurait être totalement exclu.

— *Bienvenue en France* ! déclara-t-il dans un borborygme où Ted reconnut une intonation française.

Il se mit alors à courir et à hurler un peu partout sur le bateau, sa jambe cognant contre le pont à chacun de ses pas et arrachant un mot au perroquet. Ses hommes s'activèrent en silence, la mine toujours sombre.

Il y avait une certaine grâce, pensa Ted, à voir ses marins manier avec tant de professionnalisme les cordages et autres mâts. Ce pourrait être une belle scène pour son théâtre. Et s'il s'attelait dès son retour à un huis clos dramatique et incestueux à bord d'un navire grec ? Il se promit de creuser l'idée durant ces quelques jours.

Sur le quai, une foule attendait l'amarrage du vaisseau. Ted se sentit tout à coup gêné d'être attendu de la sorte. Le capitaine lui glissa à l'oreille qu'il ne fallait pas s'étonner d'un tel accueil, que la popularité de Baffrey Le Magnifique (ce fut son expression) avait dépassé depuis longtemps les simples limites du Commonwealth. Ted ne contredit pas le petit homme qui agitait ses bras en direction des personnes rassemblées sur le quai.

À quelques mètres de distance, trois marins sautèrent, une corde à la main, pour arrimer le bateau. Un autre desserra l'ancre et le bruit des chaînes couvrit pendant un court instant les acclamations de la foule.

Baffrey avait hâte d'aller à la rencontre des habitants de Saint-Malo mais, auparavant, il tint à offrir l'odieux perroquet à Ted qui, entre deux relents, refusa poliment.

— Il semble bien vous aimer ! gloussa le capitaine. Quant à moi je profiterai de mon prochain voyage dans les Caraïbes pour capturer un autre ! Je prendrai une femelle cette fois-ci, elles sont plus dociles.

Poliment, le détective réitéra son refus. Plutôt que de l'adopter, Scribble aurait certainement préféré lui tordre le cou.

Baffrey ne se montra pas vexé et se mit à marcher à vive allure vers la foule.

Hélas, ses hommes n'avaient pas vraiment terminé la manœuvre et la coque du navire ne touchait pas encore le bord du quai. Le capitaine Baffrey, après une brève seconde de surprise, tomba dans l'eau noire de la rade et coula à pic. Un éclat de rire inouï s'éleva et de l'attroupement, et des matelots. Enfin, l'un d'eux se dévoua et plongea. Ted en profita pour mettre pied à terre.

— Bienvenue en France, Mr Scribble !

L'homme qui avançait vers lui devait être le maire de la ville. Il portait en écharpe l'étendard français, fait des trois couleurs, bleu, blanc et rouge. Pour sa part, Ted préférait le blanc. À son côté, un homme portant un costume dans la plus parfaite des coupes anglaises souriait malicieusement. Il s'appuyait sur une canne à l'apparence pour le moins singulière.

— Pardonnez-moi le peu de pratique de votre langue, Mr Scribble. Je suis M. Buisson, député maire de Saint-Malo. Et voici le colonel Desmond Arlington, qui est à l'origine de votre venue. Il sera votre hôte et notre interprète.

Ted posa son sac à terre et serra la main des deux hommes.

— Tous les notables de la ville ont tenu à être présents pour votre arrivée, s'enorgueillit l'édile.

Le détective ne sut que répondre. Les visages dans la foule souriaient tous sans aucune exception. Les hommes avaient mis leur costume d'apparat pour venir accueillir la célébrité.

Soudain, Scribble sentit son cœur faire un bond dans sa poitrine sans que le mal de mer en soit la cause. Un des notables en toute première ligne tenait sous le bras un livre relié de très belle facture. Scribble se dirigea vers lui, les jambes chancelantes.

— *L'Enfer*, chuchota-t-il. Ma première édition...

— M. Alfred Poucemeule, adjoint au maire et libraire à Saint-Malo, précisa le colonel qui fronçait les sourcils devant l'attitude soudainement étrange du détective.

— *L'Enfer*, répéta Ted. Le chef-d'œuvre de Dante ! C'est le volume dont je me suis séparé en 1903 chez un libraire de Whitechapel[1] !

L'adjoint au maire lui tendit le précieux ouvrage.

---

1. Ce triste épisode où notre grand auteur se sépare d'un précieux livre pour payer son gîte et son couvert vous est relaté dans *La Crypte du pendu*, premier volume de cette collection.

— Dieu seul sait comment il a bien pu arriver entre mes mains, Mr Scribble. J'ai remarqué votre nom sur la première page et je me suis dit qu'il vous appartenait très certainement. Un livre de cette valeur est la proie rêvée des cambrioleurs[1].

Ted se garda bien de donner la véritable raison de sa séparation. Du reste, les chapardeurs londoniens ne devaient pas avoir des goûts aussi élitistes.

— La municipalité et moi-même tenons à vous le rendre. Acceptez ce présent comme un témoignage de notre gratitude.

Le détective reçut l'ouvrage, les mains tremblantes. Les notables applaudirent à tout rompre.

Le maire reprit la parole une fois cette cérémonie terminée.

— Vous devez être harassé par ce voyage, Mr Scribble, c'est pourquoi je vous propose de gagner votre gîte. Vous n'aurez qu'à suivre sir Arlington. Il vous expliquera mieux que moi la raison pour laquelle vous nous rendez si aimablement visite...

Le maire fit une pause. Son écharpe semblait le démanger, car il se grattait le torse avec insistance.

— Quant à moi, je vous souhaite une bonne nuit. Et n'hésitez pas à venir me voir en mairie au moindre de vos soucis !

La foule applaudit une seconde fois, puis se dispersa. Les commentaires sur la venue du détective

---

1. Pour des raisons évidentes de compréhension, et afin de ne pas alourdir le texte, je proposerai dans cet ouvrage la traduction simultanée des échanges franco-anglais. Gageons que cela ne provoque pas l'ire des puristes... *(NdA).*

allaient bon train. Ted alla chercher son sac de voyage à main, puis rejoignit le colonel.

— Je suis bien heureux que cette cérémonie ait été écourtée par une crise d'urticaire de notre bien-aimé édile, fit-il. D'ordinaire, c'est un adepte de la parlote.

Ted ne fut pas surpris. Il suivit sir Arlington. La nuit s'apprêtait à tomber. L'ombre imposante de la ville fortifiée s'étendait encore pour un instant au sol. Il y avait comme une majesté ténébreuse qui émanait de ses remparts et de ses tours. On l'eût dit invincible de l'extérieur, mais n'était-ce pas la qualité principale des forteresses ? Alors, il ne restait plus qu'une solution pour l'ennemi : l'attaquer de l'intérieur, tel un cheval de Troie. Un adage que certains mettaient à profit depuis quelques jours.

Ted frissonna dans le vent froid du crépuscule.

Derrière eux, le sauveteur adressait de grandes claques dans la figure du capitaine Baffrey pour le réveiller. On eût dit qu'il y prenait un malin plaisir.

4

Sir Desmond Arlington, colonel en retraite de l'armée des Indes, ami personnel du roi George V, ressemblait presque à une caricature de son personnage.

De petite taille, le front haut et dégarni, les tempes grisonnantes, son port altier lui conféraient une indéniable classe que Ted ne s'attendait pas à retrouver de ce côté-ci de la Manche. Le gilet violet qu'il portait sous sa veste de costume s'alliait à merveille avec le jaune de sa cravate et le noir de son haut-de-forme. On eût dit un gentilhomme prêt à se rendre à l'hippodrome d'Ascot pour le meeting annuel de la noblesse britannique. Ses moustaches fournies montraient que l'homme avait vécu. Les traits de son visage restaient alertes en toute circonstance et, si l'on exceptait ce cruel boitement à la jambe droite, il y avait tout lieu de penser que le vieil homme était encore en pleine possession de ses capacités physiques. Au revers de sa veste, il portait la Victoria Cross.

Le trajet n'était pas long depuis le port, car la boutique de thé se situait près d'une des portes les plus proches des quais. Ted fut immédiatement séduit par l'agencement des boîtes et par l'odeur merveilleuse du lieu. Lui qui n'était pas un fin connaisseur, juste un amateur patenté, appréciait cette atmosphère. On se serait cru comme transporté ailleurs, en dehors de la ville, loin de l'odeur âcre des effluves salés de la mer et de la puanteur du port. L'air presque humide, chargé d'arômes indéfinissables, rassérénait le visiteur.

Ted remarqua que sir Arlington avait laissé sa boutique ouverte pendant son absence. Au vu des événements actuels, il s'en étonna et s'en ouvrit au vieil homme.

— C'est que la maison est bien gardée ! répondit-il malicieusement dans un petit rire.

Il ressortit, Ted sur ses talons, et désigna la passerelle entre les deux bâtiments qui enjambait la rue.

— Vous voyez ce bout de fer qui dépasse légèrement de la fenêtre ?

Le détective plissa les yeux pour tenter de le distinguer dans l'obscurité. Il se demanda dans quelle direction voulait l'emmener le marchand de thé.

— Mon fidèle aide de camp est au bout de ce tromblon ! déclara fièrement le colonel. Il monte la garde quand je ne suis pas là. Gare à celui qui voudrait piller ma réserve ! Farrokh était le meilleur tireur de sa compagnie. Son maître, le maharadjah Kouma que j'ai défait quelques mois avant mon retour vers Londres, organisait des compétitions d'habileté au tir pour amuser ses sujets. Farrokh les a toutes remportées.

Ted hocha la tête, dubitatif. C'est à cet instant qu'il vit un reflet métallique sous un rayon de lune.

Ils regagnèrent la boutique et sir Arlington baissa le rideau de fer.

— C'est l'heure ! annonça-t-il sans même regarder sa montre à gousset. Je ferme seulement à la nuit tombée. C'est une vilaine habitude qui a coûté la vie au comte de Montbalait.

Sa mine se durcit. Il alluma une lampe à pétrole et désigna une porte.

— Je vous conduis à votre chambre. Nous discuterons de l'affaire qui nous concerne au restaurant.

Ted ne fut guère enchanté par la proposition de son compatriote. Il espérait en lui-même que le gentilhomme aurait une cuisinière anglaise derrière ses fourneaux, mais il devait apparemment déchanter.

À quoi pouvait bien ressembler la cuisine française ? De folles rumeurs couraient au sujet des habitudes alimentaires de ce peuple réputé barbare. On évoquait des fricassées de cuisses de grenouille ou même des escargots farcis à l'ail. On parlait à mots couverts de ces étranges coutumes qui consistaient à manger le fromage avant le dessert et non l'inverse comme sur toutes les bonnes tables anglaises, à faire bouillir les pommes de terre plutôt qu'à les faire cuire au four. Le colonel, ce digne personnage, ne devait pas être tombé dans ce nouveau snobisme londonien qui consistait à fréquenter les restaurants dont le chef était français. Ils étaient devenus la coqueluche des courtiers de la City, qui y mangeaient midi et soir.

Ted s'efforça de ne pas y penser.

— Une bien belle canne que vous avez là, sir Arlington, fit-il au moment de poser le pied sur la première marche.

— *Camellia Assanica*, répondit simplement le marchand. Un théier robuste que l'on trouve en Inde et qui s'acclimate plutôt bien aux pluies de la mousson. Certains font plus de quinze mètres ! C'est un autochtone qui m'a préparé cette branche. Elle est enduite d'un composé résineux qui la rend incassable. Je ne m'en sépare jamais ! Gare à celui qui en prendrait un coup sur le crâne ! Je ne vois que Farrokh à Saint-Malo qui puisse y résister.

L'escalier ne comptait qu'une dizaine de marches. Ils débouchèrent dans un couloir éclairé par de fines chandelles.

— À droite, ce sont mes appartements. La chambre de Farrokh se trouve un peu plus loin, après la passerelle. À gauche, les chambres d'amis ainsi que mon bureau. Je vous ai fait préparer la chambre verte. Ne vous attendez pas à une vue sur la mer, les remparts sont bien trop haut.

Alors que Ted s'apprêtait à suivre le vieil homme, des pas résonnèrent dans le couloir. L'ombre impressionnante du serviteur indien évoluait sur le mur. Il arriva enfin, et le détective ne put s'empêcher d'avoir un mouvement de recul. Il portait une multitude de poignards à la ceinture et le tromblon en bandoulière.

— Farrokh, commença sir Arlington, je te présente Mr Ted Scribble. Il sera mon hôte pendant quelques jours.

Le serviteur se courba jusqu'à toucher le sol avec son turban.

— C'est le plus grand détective d'Angleterre et il est ici pour nous aider à mettre fin aux incidents. Je veux que tu lui sois dévoué autant qu'à moi, c'est bien compris ?

Il se courba à nouveau.

— Je vous attends en bas dans une quinzaine de minutes, Mr Scribble. Habillez-vous chaudement. À la nuit tombée, le vent souffle fraîchement dans la cité Malouine.

Ted remercia son hôte, puis entra dans la chambre. Son ameublement était certes spartiate, mais il semblait y faire bon vivre. Il y régnait toujours cette bonne odeur d'agrumes et d'herbes mêlés, comme si les poutres du plafond, le bois des meubles et les lattes du parquet en étaient imprégnés à jamais. On ne devrait pas mettre longtemps à s'endormir dans un tel espace.

Le détective anglais sortit les quelques vêtements de son sac et les disposa dans la penderie. Assis sur le lit, il épousseta le précieux volume enfin retrouvé après environ dix ans d'atermoiements. Il n'en avait pas le temps maintenant, mais se ferait un plaisir après le dîner de le redécouvrir.

Il était l'heure de descendre rejoindre le colonel. Ted rangea son portefeuille dans la poche de son pardessus. Ce geste lui fit penser qu'il n'avait aucune devise française. Il ne pourrait donc pas régler la note du restaurant. « J'aurais une bonne raison de décliner les plats typiques », pensa-t-il.

Quand il poussa la porte, l'Indien s'y tenait adossé. Le dramaturge eut un hoquet de surprise mais, très vite, le serviteur déplaça sa masse impressionnante.

— Merci bien, Farrokh, bafouilla bêtement Scribble qui ne savait que dire.

Il remonta le couloir, le colosse toujours sur ses talons. Était-ce le colonel qui lui avait donné l'ordre de le suivre pas à pas ou bien était-ce simplement l'interprétation de l'Indien ?

— Sir Arlington a de la chance de vous avoir, le flatta Scribble pour détendre l'atmosphère.

— Mon maître est l'alchimiste des thés, déclara Farrokh, la main sur le cœur, le regard hautain. Il transforme les feuilles de théier en or !

Ted devait-il considérer ces paroles comme un banal slogan publicitaire ? Cela le rassura néanmoins que le serviteur parle anglais.

— À quoi occupez-vous vos journées ?

— Mon maître est l'alchimiste des thés, répéta le serviteur, il transforme les feuilles de théier en or !

Le dramaturge descendit l'escalier, les yeux mi-clos, se demandant si l'Indien se payait sa tête ou s'il récitait une phrase apprise par cœur.

— Vous plaisez-vous à Saint-Malo, mon brave ? demanda-t-il.

Pour la troisième fois, le colosse débita la même litanie. Sir Arlington les rejoignit. Aussitôt, Farrokh vint murmurer quelques mots à l'oreille du colonel. Ted n'en comprit pas un seul. Il devait s'agir d'un dialecte indien. La mine enjouée du marchand de thé se renfrogna aussitôt.

— Vous semblez soucieux, sir Arlington, fit Scribble. Quelque chose ne va pas ?

— Mon aide de camp me rapporte une rumeur... On ne sait pas au juste de quoi il s'agit, mais une vieille femme que les gens d'ici considèrent comme la médium du coin a mis en garde la population. Elle semble avoir vu de nouveau le bateau fantôme à l'horizon.

Ted s'en étonna. Se pourrait-il qu'un gentilhomme croie les élucubrations d'une folle lisant l'avenir dans les cartes de tarot, une boule de cristal ou bien même dans les feuilles de thé ?

— Nous ne serons jamais trop prudents, murmura le marchand avant de se tourner vers son aide de camp : Farrokh, tu nous accompagneras jusqu'à la crêperie et tu resteras devant la porte pour t'assurer que rien ne se trame dans la rue de Dinan.

Le serviteur dégaina un poignard à la lame effilée et le coinça entre ses dents. Ted supputa qu'il s'agissait là d'une façon bien à lui de donner son accord.

— Alors, allons-y ! lança l'alchimiste des thés.

— Vous avez une bien belle boutique et une bien belle maison, sir Arlington, le félicita sincèrement Ted.

— Je vous remercie. Votre compliment me va droit au cœur ! C'est également l'avis de mes nombreux clients ! Si seulement nos compatriotes daignaient s'y approvisionner ou au moins la visiter !

Il sembla au détective qu'un éclair de haine passa subrepticement dans le regard du vieil homme. Ils sortirent par une porte latérale.

— J'ai également remarqué qu'un escalier descend dans le tréfonds de votre boutique. Votre entrepôt peut-être...

— Aucunement, répondit le gentilhomme. Il s'agit de mon atelier. C'est dans cette pièce que je prépare mes compositions. Personne n'a le droit d'y entrer, pas même Farrokh. Considérez cette pièce comme mon sanctuaire. Je vous demanderai de respecter cette unique règle de mon humble demeure. Sinon, pas de couvre-feu, rien de tout cela.

L'aide de camp marchait derrière eux, le regard à l'affût du moindre mouvement suspect.

La cohabitation avec l'Indien ne disait rien qui vaille au dramaturge. Lui, il aimait avoir les coudées franches lorsqu'il menait une enquête et surtout le faire avec discrétion. C'était sans compter sur leur destination de ce soir. Une crêperie ? Les Français prenaient-ils leur petit déjeuner le soir et leur dîner le matin ? Cela n'aurait guère étonné un sujet de sa Très Gracieuse Majesté.

5

— Vous aimez les crêpes, Mr Scribble ? demanda sir Arlington.

— Lors d'un séjour en Irlande, il m'est arrivé d'en manger quelques-unes au petit déjeuner accompagné de confiture, mais j'ignorais qu'on puisse en faire tout un repas !

Le gentilhomme rit.

— C'est la spécialité du coin ! Dans toute la Bretagne, on ne jure que par les galettes de sarrasin et les crêpes au froment. Vous verrez, celle à l'andouille et aux pommes de terre est fameuse ! Et en dessert, je vous réserve une surprise grandiose. N'ayez aucune crainte, je vous emmène dans la meilleure crêperie de la ville, « le Galop ».

Cela ne rassura guère le détective qui grelottait, pourtant emmitouflé dans son manteau. Farrokh devait avoir une sacrée peau de pachyderme pour sortir les jambes et les bras nus.

Sur leur chemin, ils rencontrèrent quelques couples. Certains s'entrelaçaient dans les rues sombres et étroites. Le marchand informa Scribble qu'il s'agissait des marins en partance pour les îles qui s'accordaient leurs derniers moments de volupté avant de longs mois. Quelques ivrognes croisèrent également leur chemin. Certains rotaient sans vergogne, l'un d'entre eux urina même ostensiblement sur la façade d'un petit restaurant.

Le patron de la crêperie accueillit les deux hommes en manifestant une certaine allégresse et leur donna une petite table dans le fond de la salle. L'atmosphère confinée plut immédiatement à Ted. Ce restaurant n'avait rien d'une usine. C'était pour lui un gage de qualité. Quelques plantes égayaient l'endroit avec goût et discrétion. Une dame bien en chair s'ébrouait derrière un comptoir d'où s'exhalait une odeur appétissante.

Sir Arlington devait être un client bien fidèle car le restaurateur ne prit même pas sa commande, se contentant de lui adresser un sourire entendu.

— Et pour monsieur ? fit-il en se penchant vers Ted qui ne comprenait pas un traître mot de la carte.

— Vous me faites confiance ? demanda le gentilhomme au détective.

Scribble hocha la tête. Devrait-il s'en réjouir ou bien en être dépité ? Il était 21 heures, et les tables étaient presque toutes inoccupées. Probablement la conséquence des drames de ces dernières nuits. Seule une religieuse en habit finissait son repas près d'une petite fontaine d'intérieur.

— Vous lui servirez la même chose, lança le vieil homme. Et un hydromel pour commencer...

Le propriétaire approuva silencieusement et débarrassa Ted de la carte.

— Je réponds de cette adresse comme j'aurais répondu de la cuisine de ma défunte mère.

Un serveur vint aussitôt avec deux petits verres remplis d'un liquide ambré.

— C'est une boisson à base de miel, Mr Scribble. Savourez-la !

À base de miel ? Seigneur, fallait-il avoir l'esprit bien tordu pour préparer de telles bizarreries ! Ce peuple ne pouvait-il se contenter de la genièvre ou du malt pour leurs alcools forts ?

— J'aurais cru que les Français buvaient du vin en toutes circonstances ! s'exclama Ted qui trempa avec circonspection ses lèvres dans le breuvage.

Le goût lui plut instantanément.

— Ne dites jamais cela à Saint-Malo ou vous allez vous faire étriper ! « Malouins d'abord, Bretons peut-être, Français s'il en reste » est la devise de la ville ! Les autochtones vivent en quasi-autarcie pour la plupart, n'allez pas leur parler du pays !

Il marqua une pause et vida son verre.

— Il n'y a que nos compatriotes pour boire du vin avec leurs crêpes. Ici, on ne sert que du cidre brut ! Et on a bien raison.

Ted finit lui aussi sa boisson. Il était temps d'entrer dans le vif du sujet.

— L'alchimiste des thés, commença-t-il, c'est votre surnom ?

— Une idée de Farrokh, répondit le marchand en souriant. Il peut se montrer bien espiègle, savez-vous ? Certains de mes clients ont repris cette expression à leur compte.

— Mais vous ne vous contentez pas d'importer le thé, puis de l'empaqueter ? Vous créez des mélanges, n'est-ce pas ?

Le vieil homme sembla froissé par la question. Il tripota sa canne avant de répondre.

— Bien évidemment ! J'invente toujours de nouvelles compositions quand mes anciennes ne me donnent plus satisfaction. Je suis à l'affût de toutes les feuilles importées et des désirs de mes clients.

Il baissa d'un ton pour continuer :

— Nous ne sommes pas ici pour parler de mon art, mais plutôt pour que vous exerciez le vôtre. Notre maire m'a confié la mission de vous raconter les événements de ces derniers jours dans le détail.

Une forte odeur de beurre parvint à leur narines. Sir Arlington commença son récit :

— Il y a tout d'abord le plus tragique. Ce que j'appellerai sans hésiter les *meurtres*.

Ted fut étonné. Lors de leur entrevue, le roi n'avait pas fait mention d'assassinats, mais de simples incidents.

— Il y a une semaine jour pour jour, on a retrouvé le corps d'un clochard, près de la porte Saint-Pierre. La gendarmerie a eu beaucoup de mal à l'identifier tant son cadavre était déchiqueté... Désolé de vous infliger cette horreur avant le dîner, mais c'est important. Il s'agissait d'un sans-logis âgé d'une trentaine d'années qui maraudait dans la ville et sur les remparts quand la nuit venait. Les gendarmes eurent du mal à admettre que l'homme ait été la victime d'une ou de plusieurs bêtes féroces, les blessures ne pouvant correspondre aux agissements d'un fou. Des empreintes de crocs furent décelées ici et là sur les vêtements et la chair du malheureux si bien qu'un vétérinaire formula immédiatement sa conclusion : c'était l'œuvre de deux chiens, probablement deux énormes bergers allemands. La gendarmerie s'est tout de suite lancée à la recherche des propriétaires, or elle n'a trouvé nulle trace de cette race de chien ni dans Saint-Malo ni même dans la région.

— Il se peut que les animaux aient appartenu à un homme de passage, un visiteur occasionnel ou même un touriste, supputa Ted.

— C'est bien évidemment ce que nous avons tous pensé, soupira le vieil homme... Que cette tragédie ne soit qu'un incident dû à la fuite des deux chiens et à l'incompétence de leur maître. Mais il y eut une deuxième victime, le comte Adolphe de Montbalait, un riche industriel français et un des mes plus proches amis. C'était il y a quatre jours... Très peiné par cette mort atroce, j'ai contacté Sa Majesté, qui vous a contacté à son tour. Vous comprendrez qu'il est impossible qu'il s'agisse de l'œuvre de deux chiens sauvages. Nous avons là un cas de récidive, qui implique que l'individu possédant les deux molosses les cache aux yeux de la gendarmerie et de ses concitoyens, pour les lâcher, une fois affamés, à la poursuite d'un quidam... Voilà pourquoi le terme de *meurtre* ne me paraît pas excessif.

Ted hocha la tête. En effet, l'affaire semblait un peu plus corsée que ce qu'avait bien voulu lui raconter George V.

— Alors, continua le marchand de thé, comme dans ce genre de circonstances les langues se délient... on parle d'une vieille histoire que la ville voudrait oublier, mais que ce fou s'efforcerait à faire renaître.

Le vieil homme raconta la légende des chiens du guet à son interlocuteur attentif.

Ted ne souffla mot durant ce récit. Il était fasciné par cette histoire se terminant dans le plus pur style tragique. Il y aurait matière à écrire sur le sujet. Mais sa pensée fut interrompue par l'arrivée des galettes. Sir Arlington en salivait et se frottait les mains.

— Deux andouilles-pommes de terre, fit le patron, le front transpirant.

Ted ne pouvait détacher son esprit de cette incroyable légende qui semblait avoir été remise au goût du jour par un fou empreint de nostalgie.

Il coupa néanmoins sa galette. Une odeur peu agréable lui sauta au visage.

— Ce fumet est bien étrange, constata-t-il.

— Vous n'avez jamais mangé d'andouille ? C'est pourtant l'une des meilleures charcuteries du pays ! N'ayez pas peur, l'odeur n'est pas très ragoûtante, mais la saveur en bouche est à nulle autre pareille !

Ted piqua un morceau et se força à lever la fourchette. La texture fondante de la préparation ne lui déplut pas, mais le goût infâme lui fit jusqu'à regretter d'avoir un palais !

Pour passer le goût, il vida le verre de cidre que sir Arlington venait de lui servir. Il trouva la boisson fort amère et fortement alcoolisée. Par la Couronne du royaume ! Que n'allait-il pas souffrir pendant ces quelques jours avec de tels mets et de telles boissons !

— Cette histoire de chiens n'est pourtant que la face la moins mystérieuse de nos problèmes actuels, marmonna le colonel entre deux bouchées. Jugez plutôt ! Dans la nuit succédant à celle de la découverte du premier corps, les habitants du nord-ouest de Saint-Malo entendirent comme une déflagration vers les 11 heures du soir. Les plus courageux sortirent en pyjama et en chemise de nuit pour s'apercevoir qu'un boulet de canon était parvenu à faire un trou de belle taille dans les remparts près de la tour Bidouane. Le quartier était en émoi, vous pouvez l'imaginer ! Voilà maintenant quelques dizaines d'années que les Malouins n'avaient plus à craindre une attaque de leur cité. Vous connaissez certainement l'histoire de la machine infernale anglaise, Mr Scribble ?

Ted approuva. Il se l'était remémorée lors de son arrivée. Comme il avait vidé plus de la moitié de la bouteille de cidre, sa tête commençait à tourner.

— Eh bien, il fallait pourtant se rendre à l'évidence ! Quelqu'un recommençait à tirer des boulets et y parvenait ! Le lendemain, une vieille femme, cette diseuse de bonne aventure dont je vous parlais tout à l'heure, s'est rendue à la gendarmerie pour déclarer avoir vu la veille au soir un bateau portant l'insigne des pirates qui voguait au large de la ville. Les officiers du port, après vérification, n'avaient pourtant trouvé aucune trace du navire sur leurs registres.

— Il se peut que cette femme divague ou bien fasse son intéressante pour s'octroyer de la publicité à moindre frais, argua Ted, qui se forçait à terminer sa galette.

— Attendez ! C'est lors de la seconde attaque que les témoignages arrivèrent en masse sur le bureau du brigadier. Plus de vingt Malouins habitant le quartier ont eux aussi aperçu le vaisseau, le soir après le meurtre du comte. Inquiets, ils avaient scruté la mer depuis le premier tir. Tous leurs témoignages concordent : ils décrivent à l'unisson un galion de très grande taille, aux mâts puissants et à l'imposante voilure. Rien à voir avec le bateau qui vous a emmené ici. Il y aurait une vigie et, effectivement, un drapeau noir des pirates. Je ne vous précise pas que cette activité a disparu depuis bien longtemps. Le plus souvent, dans ces descriptions, c'était la structure même du bateau qui revenait souvent. Les témoins le disaient translucide ou d'apparence laiteuse. Comme s'il s'agissait d'un galion fantôme...

Le restaurateur débarrassa les assiettes et annonça qu'il apportait la suite ainsi qu'une nouvelle bouteille de cidre dans très peu de temps.

— Alors, on pensera ce qu'on voudra mais... même si tous ces discours sont faux, même si l'on a affaire à une hallucination collective, rien ne résoudra le phénomène des véritables boulets de canon qui ont perforé les murs fortifiés de la ville !

— Existe-t-il des histoires à ce sujet, voire des légendes ? demanda au hasard le détective.

— Sur les attaques successives de la ville, il existe des volumes entiers ! Et pour ce qui est des légendes de vaisseaux fantômes, on doit en trouver des dizaines par village côtier tout le long du littoral.

Sir Arlington fit une pause.

— Et puis il y a cette troisième outrance que supporte très mal notre maire. Au petit matin, les jours où le canon ne tonne pas et où les chiens ne sont pas lâchés, on retrouve des monuments de Saint-Malo recouverts d'un drap noir. Ce fut le cas de la mairie il y a deux jours. La devanture de la bibliothèque l'avait été aussi un peu avant. Ces plaisanteries ne sont certes pas aussi préoccupantes que les autres forfaits, mais l'autorité de la ville est bafouée. Il y a un véritable complot criminel là-dessus et c'est à vous d'y mettre bon ordre !

Les crêpes au froment, bien plus claires que les précédentes, arrivèrent. Le patron du Galop expliqua à Ted qu'il s'agissait de sa célèbre crêpe « Amandine », faite à base de pâte d'amande. Le détective approuva sans comprendre le sens de la remarque, se demandant à quoi elle pouvait bien être fourrée.

Il eut la réponse une fois la crêpe en bouche et cela fut pour lui un véritable délice. L'arôme si particulier de la pâte au froment et surtout le mélange du beurre et de l'amande fondants le fit chavirer. Il aurait bien troqué sa maigreur habituelle contre une cure de ce succulent dessert. Il ne s'en cacha pas.

— À la bonne heure ! s'enthousiasma le gentilhomme. J'avais craint que vous restiez hermétique aux spécialités de ce restaurant.

Après la première bouchée, Ted en aurait pourtant mis la main à couper. Il s'était mis à dévorer la crêpe jusqu'à ce qu'une violente toux le secoue. Il venait d'avaler quelque chose. Sir Arlington se leva, mais le restaurateur fut plus prompt à réagir : il saisit Ted par les hanches, puis lui appuya fortement sur l'abdomen en le soulevant du sol. Celui-ci expira fortement et cracha un projectile.

Farrokh, qui débarquait en trombe dans le restaurant et qui s'apprêtait à bloquer la sortie, reçut l'objet non identifié sur le nez sans moufeter et l'apporta immédiatement à son maître.

— Comme c'est curieux, murmura le marchand de thé.

Scribble reprenait peu à peu son souffle et ses

esprits. Il vit que son hôte faisait rouler entre ses doigts une chevalière en argent.

— 1848, répéta plusieurs fois le colonel. C'est l'année de votre naissance, monsieur Petitpois ?

Le propriétaire du Galop se raidit.

— Certes non, monsieur. Je n'ai jamais vu cette chevalière de ma vie. Elle n'appartient pas plus à ma femme qui officie devant les crêpières.

— Comme c'est bizarre !

— Bizarre ? Bizarre ? Vous avez dit bizarre ? fit Ted qui ne se doutait pas que cette réplique, pour le moins anodine, resterait à la postérité quelques dizaines d'années plus tard.

— Qui a bien pu glisser ce bijou dans votre assiette ?

— Je n'en ai pas la moindre idée, bégaya le restaurateur qui tremblait presque. Je suis désolé pour cet incident, monsieur, et je vous assure que la maison saura faire amende honorable.

Le colonel traduisit les propos en anglais et tendit la chevalière au détective qui l'examina sous toutes les coutures. Les autres clients avaient replongé le nez dans leurs assiettes, Farrokh était ressorti. Cette mésaventure laissa une curieuse sensation de malaise dans l'esprit du dramaturge. Et si on avait cherché à l'étouffer ?

« 1848 ». Il grava cette année dans un coin de sa mémoire.

Le colonel ne semblait, lui, nullement décontenancé par l'incident. Il continuait à déguster sa crêpe.

— La bague n'a pu atterrir toute seule sous la pâte, chuchota Ted.

— Certes.

— Peut-être est-ce un autre acte de vandalisme avec lequel il va falloir compter, soupira Ted, l'empoisonnement alimentaire... Vous avez une idée du possible auteur ou commanditaire de cet acte ? demanda le détective.

— Pas la moindre ! assura sir Arlington, qui retourna à la conversation interrompue : La ville ne compte pas d'ennemis farouches au point de lâcher des chiens sauvages sur les remparts. Je n'imagine pas un contribuable malouin mécontent de la perception usant de ce stratagème pour punir la cité tout entière ! Comme je doute que notre bon roi veuille de nouveau se lancer à l'attaque de la France. Nous n'avons plus qu'à nous ranger aux croyances populaires, du côté des fantômes !

Ted sourit timidement.

— Dès demain, je me rendrai à la bibliothèque pour connaître dans le détail les quelques épisodes que vous m'avez contés de l'histoire de la ville. Ceux qui opèrent semblent vouloir faire de nouveau régner la terreur en se référant au passé. C'est donc une piste à creuser. Je demanderai également une audience auprès du brigadier de la ville en espérant qu'il voudra bien collaborer avec moi...

— Ne vous faites aucun souci à ce sujet. Le maire vous donne carte blanche et a prévenu tous les fonctionnaires de la ville, sans aucune exception.

Un silence de quelques secondes s'installa entre les deux hommes.

— Tout de même, c'est un honneur de vous compter parmi nous pour cette enquête ! s'enthousiasma soudainement le vieil homme. Un détective de votre trempe !

— Ce n'est pourtant pas ma vocation, rétorqua Ted qui se lassait de plus en plus de ces moments de basse flatterie. Si je fais cela, c'est dans un but purement intéressé.

Sir Arlington fronça les sourcils.

— J'ai embrassé la carrière de dramaturge, d'écrivain et de poète bien avant celle de fin limier. C'est là mon véritable sacerdoce ! À vous le thé, à moi le théâtre antique !

Il leva son verre de cidre. L'alcool lui montait à la tête. Il but une nouvelle gorgée et trouva la boisson moins amère. On s'habituait à tout.

— Mais personne n'est assez courageux à Londres pour monter une de mes tragédies, continua-t-il sur le ton de la confidence. Aucun metteur en scène ne veut s'y intéresser et même le pire des cabotins ne veut travailler sous mes ordres ! C'est pourquoi il me faut amasser beaucoup d'argent.

Le gentilhomme, visiblement déçu, balaya l'aspect lucratif d'un revers de la main. Il espéra que le roi avait prévu de payer Scribble. Lui n'en avait aucunement l'intention.

— Mais vous ne ressentez pas une grande fierté lorsque vous venez à bout des énigmes que l'on vous pose ?

— Bien moins que lorsque j'ai mis le point final au *Cortège splendide des Enfers*, ma dernière œuvre ! Même si, je dois bien l'admettre, une affaire retorse dont je sors seul vainqueur m'apporte quelques plaisirs. Celle où j'ai aidé la petite Fériel à Berrymoor[1]...

---

1. On ne saurait trop conseiller au lecteur d'être patient pour découvrir la teneur d'une des plus incroyables aventures de Ted Scribble.

— En somme, c'est une joie presque... artistique ! coupa le marchand, un aboutissement comparable à celui du peintre qui met la dernière touche à sa toile, du sculpteur qui donne son dernier coup de burin, de l'écrivain qui repose sa plume dans l'encrier et passe le buvard sur son parchemin !

Le colonel était si volubile qu'il avala de travers sa dernière bouchée et manqua s'étouffer. Sa toux alerta Farrokh qui entra en trombe dans la salle. Le gentilhomme le rassura d'un geste de la main. Il n'avait rien avalé de dangereux.

— Cette chevalière m'intrigue au plus haut point, grimaça Scribble en tapotant la poche de sa veste, là où le bijou se trouvait.

— Je ne vous propose pas de thé pour terminer le repas, fit le gentilhomme. J'ai ce qu'il faut chez moi !

Ils prirent congé du restaurateur qui s'excusa à nouveau auprès du dramaturge. Le colonel fit inscrire le montant de l'addition sur sa note. Il était bien un habitué de l'endroit.

Perdus chacun dans leurs pensées, ils n'échangèrent pas un mot pendant le trajet du retour. Le serviteur indien marchait derrière eux, silencieux comme à son habitude.

Ted informa son hôte qu'il préférait monter se coucher, prétextant une grande fatigue. En réalité, il voulait être au calme pour réfléchir et surtout examiner de plus près la chevalière. Le marchand de thé lui souhaita une bonne nuit — pour lui, elle ne faisait que commencer.

— Un parfum du mélange que je prépare pour rendre hommage à mon ami le comte ressort bien plus qu'un autre. Le réglisse ne peut dominer dans un thé, sous peine de gâcher les autres saveurs.

Ted lui souhaita bonne chance et gagna sa chambre.

Allongé sous ses draps, goûtant enfin un moment d'accalmie, il ne put néanmoins réfléchir posément aux affaires qui le préoccupaient. La présence du gros volume de *L'Enfer* posé sur sa table de nuit lui fut fatal.

Il plongea ses yeux avec délice dans le vieux livre et ne s'endormit que bien plus tard, savourant son odeur de poussière autant sinon plus que celle de la crêpe « Amandine »...

6

Midi sonnait à la cathédrale Saint-Vincent lorsque Ted Scribble émergea de son profond sommeil. Le nombre affolant de coups de cloche l'inquiéta. Pourquoi ces maudits Français carillonnaient-ils si tôt le matin ?

Il se mit debout et s'étira en bâillant. Une vive lumière pénétrait déjà dans la pièce par les interstices du volet. Le détective ouvrit les fenêtres et trouva la clarté du jour étonnante de si bonne heure. Était-ce une des particularités de la cité Malouine ?

Il se traîna jusqu'à la chaise où était posé son gilet et sortit sa montre.

Il crut défaillir en voyant les deux aiguilles réunies à la verticale du cadran.

Il était déjà midi.

Les douze coups n'étaient nullement une lubie des sonneurs de cloches français.

Paniqué, Ted s'habilla en vitesse. Quelle opinion allait bien pouvoir se faire sir Arlington à son sujet ? Et qu'allait-il bien pouvoir répéter au roi ? Lui qui avait une horloge dans la tête et qui ne se réveillait pas plus tard que 7 heures du matin allait passer pour le dernier des fainéants, pour un je-m'en-foutiste de première, s'accordant une grasse matinée le premier jour de son enquête alors qu'il y avait tant à faire.

Il mit ce réveil tardif sur le compte du changement d'air. C'était connu : les embruns endormaient ceux qui n'étaient pas habitués à leurs effluves. Le changement de continent avait dû jouer également en sa défaveur.

« Tu verras, lui disait encore quelques heures avant son départ Julian Brackwell, son ancien rédacteur en chef. L'air du continent n'est pas le même que celui de notre île. J'ai commandé un papier à ce sujet à un de mes journalistes. Il y aurait dans l'atmosphère une particule mise au point par Napoléon en son temps pour nous affaiblir. Fais comme moi, emmène une bonbonne vide au cas où. Tu n'auras qu'à la respirer à la moindre défaillance. »

Le dramaturge n'avait pas cru un seul instant aux propos du patron dirigeant le journal le plus francophobe de Londres, toujours occupé, à grand renfort d'articles et de pseudo-démonstrations scientifiques, à ranimer la haine entre les deux peuples.

Une nouvelle semaine commençait et elle débutait bien mal.

Ted sortit de sa chambre en trombe et trébucha sur le pot à eau que Farrokh avait dû disposer quelques heures auparavant devant la porte.

Le liquide froid se répandit dans le couloir, enlevant un juron fort grossier au détective.

Il se releva et prit la direction du rez-de-chaussée. Le colonel était en pleine discussion avec une cliente emmitouflée dans un épais manteau de fourrure.

— C'est une sensation fruitée en bouche au tout début, annonçait le marchand, ce n'est qu'après que la vanille apparaît. Si vous désirez l'inverse, je vous conseille mon thé « Fils du Mékong », un mélange thé vert grillé, agrumes et vanille de très haute tenue.

Joignant le geste à la parole, le gentilhomme ouvrit une boîte et la tendit à la cliente qui s'enthousiasma d'un petit glapissement ravi. À cet instant précis, il s'aperçut de la présence de Ted. Il lui fit signe de rester en arrière.

— Et avec ceci, madame Bateaucourt ?

— Ce sera tout.

La femme paya et se laissa raccompagner jusqu'à la porte.

— C'est une bourgeoise de la pire espèce, siffla sir Arlington en revenant vers le comptoir, appuyé sur sa canne. Elle n'y connaît rien, n'apprécie guère mes mélanges, mais trouve cela plus *smart*, comme elle dit, de servir mon thé à ses amies.

Le vieil homme semblait être de méchante humeur. Était-ce dû à la lenteur de son invité ?

— Le voyage m'a estourbi, s'excusa le détective. Je suis désolé d'émerger si tardivement.

L'alchimiste des thés ne releva pas.

— Je n'ai plus de temps à perdre, continua Ted, gêné. Je m'en vais de ce pas au commissariat.

— Vous ne déjeunez pas ? s'étonna le marchand.

— Non... Ah, au fait, j'ai renversé par mégarde le broc d'eau devant ma porte.

— Farrokh s'en chargera. Voulez-vous qu'il vous accompagne pour cette journée ?

Ted déclina poliment cette proposition et sortit de la boutique. L'air frais lui fit du bien.

— Je ne peux rien vous dire de plus que ce que vous savez, marmonna le brigadier de gendarmerie, un homme au visage replet et à la barbe courte. Après la seconde attaque, j'ai fait mettre en place des rondes. Espérons que cela dissuadera ce fou meurtrier de récidiver.

Il était bien mal fagoté dans son uniforme, ce qui arracha un sourire au détective. Il ne douta pas un seul instant que le ou les coupables devaient bien pouffer devant ce piètre représentant de l'autorité policière.

Quand Ted avait débarqué dans le bureau du brigadier Lunebleue, ce dernier était en train de polir son pistolet de service. Une bien mauvaise habitude que l'on avait donné aux forces de l'ordre françaises. À Londres, les *bobbies* ne portaient pas d'armes à feu.

Lunebleue avait fait les gros yeux en voyant se pointer cet homme grand et mince, vêtu d'un costume du dimanche, et évoluant avec tant de manières. Sa voix haut perchée l'avait immédiatement insupporté. Mais le maire de la commune lui avait donné l'ordre d'aider ce gentleman quoi qu'il demandât. Le plus grand détective du monde trônait devant lui mais, à ses yeux, ce n'était qu'un foutu Anglais de plus. Il s'adjoignit les services d'un agent bilingue pour la traduction.

— Si vous désirez vous rendre sur les lieux des impacts et sur les remparts, là où les chiens ont fait leur sale boulot, demandez à un agent de vous y conduire.

Ted ne se sentait pas à l'aise dans le bureau étroit. Le bonhomme jouait avec son arme et cela ne le rassurait guère.

— C'est que j'aurai certaines questions à vous poser... En somme, les coups de canon peuvent très bien avoir été tirés d'un bateau, n'est-ce pas ? Auquel cas, les visions concordantes des habitants se trouveraient corroborées par ce fait...

L'agent ne parvint pas à traduire les mots de cette phrase et Ted dut reformuler sa question plus simplement.

— Non, répondit Lunebleue.

— Je vous demande pardon ?

— Non. Les boulets n'ont pu être tirés d'un bateau. Savez-vous quel est le recul d'un canon pour tirer des projectiles de cette taille et de ce poids ?

Son sourire condescendant énervait le détective. On ne pouvait pas dire que cette rencontre se déroulait dans une parfaire entente.

— Plusieurs mètres au bas mot ! cracha le brigadier. À bord d'un navire, la pièce d'artillerie passerait par-dessus bord et esquinterait le bateau, voire le coulerait !

— Mais alors d'où viennent les boulets ? Car si le bateau est soi-disant fantôme, les projectiles sont, eux, bien réels.

Le gradé marmonna un « venir de Londres pour dire de telles âneries... ». L'agent ne le traduisit pas.

— Existe-t-il une île dans cette direction ?

— Croyez-vous que nous ayons attendu votre arrivée pour tirer une telle conclusion ! L'île de Cézembre est située juste en face du point des impacts, à trois milles[1] au nord de la cité. Je me suis rendu sur les lieux avec une escouade, mais nous n'avons rien trouvé.

— Il y a des habitants sur cette île ?

— Quelques-uns. On y trouve surtout de vieilles chapelles et un moulin à vent décrépi.

Le brigadier marqua une pause.

— Nous sommes en plein dans une impasse ! s'emporta-t-il. D'un côté la présence de ce bateau translucide est bien étrange. Mais si l'on n'accepte pas son existence, la provenance de ces boulets semble inexplicable ! Nous sommes confrontés à deux phénomènes certains, vus par des dizaines de Malouins, et qui ne concordent pourtant pas entre eux ! Foutredieu ! C'est à en perdre son latin !

Ted eut la chair de poule à cette évocation. Il douta néanmoins de l'instruction du dénommé Lunebleue quant à la langue de Sénèque. Il prit congé, ayant senti que l'autre ne collaborait que parce qu'il était contraint et forcé par l'édile de Saint-Malo.

Dorénavant, il éviterait le bâtiment de la gendarmerie. Le gros homme n'était pas ravi que le détective anglais lui confisque un peu de son autorité en matière criminelle.

Ted prit la direction de la bibliothèque municipale. On ressentait le confinement de la ville en arpentant ses rues. Il passa devant le marché aux légumes et s'arrêta quelques instants pour se délecter de son incroyable ambiance.

Son estomac réclamait son dû matinal et Ted

1. Environ cinq kilomètres et demi.

n'eut d'autre choix que d'acheter un friand à la saucisse à un marchand ambulant. Il paya en penny, ce qui ne gêna pas le marchand, habitué à la clientèle d'outre-Manche.

« J'accepte même les dollars ! » avait-il assuré, rigolard, au détective, dans un anglais de bonne tenue.

Tout en dévorant son en-cas, Scribble résuma dans sa tête l'enchaînement des incidents. Il fallait dresser une suite chronologique.

Il y avait une semaine hier que les chiens avaient dévoré leur première victime sur les remparts. Dimanche dernier, donc. Adolphe de Montbalait était mort le mercredi. Entre-temps, il y avait eu les coups de canon et les draps noirs.

Il sortit son carnet de la poche de son manteau et inscrivit le résultat.

Dimanche : Attaque du sans-logis
Lundi : Premier coup de canon
Mardi : Bibliothèque recouverte
Mercredi : Attaque du comte de Montbalait
Jeudi : Second coup de canon
Vendredi : Mairie recouverte
Samedi : Rien à signaler
Dimanche : Rien à signaler

Ted trouva étrange que rien ne se soit passé pendant la fin de semaine. La chronologie avait été coupée net. Il aurait dû y avoir une attaque des chiens samedi et un nouveau coup de canon hier dans la nuit. Ce n'était certainement pas le cas sinon sir Arlington l'aurait informé ce matin.

Le cerveau de ces complots avait-il une bonne

raison ? Se trouvait-il en dehors de la ville le samedi et le dimanche ? Ou bien les rondes mises en place par le brigadier Lunebleue l'empêchait-il de préparer son coup ? Samedi avait eu lieu le conseil municipal extraordinaire. L'instigateur attendait-il de voir si quelque chose allait percer de la réunion ?

La veille, Ted était arrivé dans la ville. Était-ce le jour du calme avant la tempête ? Un pressentiment assaillit le détective. La nuit malouine ne serait pas paisible encore longtemps...

Perdu dans ses pensées, il ne vit pas qu'un petit homme arrivait en courant vers lui et le percuta. Ils tombèrent tous deux à terre.

— Capitaine Baffrey ! s'écria Ted.

L'homme à la jambe d'argent se remit difficilement debout. Ted voulut l'aider, mais il refusa vertement.

— Bien remis de votre chute d'hier ? demanda le dramaturge.

— Une chute ? Quelle chute ? s'étonna-t-il, les yeux écarquillés. Vous délirez, Hippolyte !

Il épousseta sa gabardine et tapota affectueusement la joue de Ted.

— L'air de Kingston ne vous réussit définitivement pas. Mais je n'ai pas de temps à perdre avec vous... Le rhum se boit frais ! À bientôt, Hippolyte !

Il partit aussi vite qu'il était venu.

La chute dans l'eau du port semblait avoir laissé quelques séquelles sur la personnalité du capitaine.

Ted ne se mit pas martel en tête pour autant. Baffrey était déjà atteint bien avant. La façade de la bibliothèque était en vue. Il remisa son carnet, espérant que cette visite se montrerait plus fructueuse que celle au commissariat.

Scribble fut accueilli par un jeune homme de bonne allure, vêtu strictement et portant des lunettes aux verres très épais. Il se présenta et le garçon lui serra vivement la main.

— Je suis fier de vous accueillir dans l'enceinte de la bibliothèque, déclara-t-il dans un bon anglais. Mon nom est Arthur Biscornu. Je suis originaire de Saint-Malo et j'étudie pendant l'année à la Sorbonne en lettres classiques.

Ted se mit à trembler. Le jeune élève avait-il entendu parler de sa prose et de sa poésie latines ?

— Je suis également un cursus d'anglais et je lis la presse de votre beau pays. Ted Scribble, c'est un nom que l'on n'oublie pas ! Les tragédies de l'Île du Démon, quelle fameuse enquête ! Et puis...

Ted se sentit déprimé tout d'un coup. Il s'apprêtait à entendre l'historique de sa carrière de détective alors qu'il ne rêvait que d'une seule chose : qu'on lui récite sa bibliographie. Il coupa en douceur la logorrhée du jeune homme et lui demanda une table de lecture.

— Prenez celle qui vous plaira ! répondit Arthur Biscornu, toujours sur le même ton enjoué. Et n'hésitez pas à m'appeler si vous désirez un renseignement. Vous devez vous sentir seul à mener l'enquête sans Tom Cope !

« Certes non ! » voulut répliquer le détective. Depuis que son protégé exerçait son métier de photographe au journal *The Shore* dirigé par Brackwell, il s'était transformé en garçon coureur et vénal.

Une fois seul et au calme, Ted choisit de savourer cet instant, les yeux fixés sur les rangées de vieux livres. La salle était vide et un silence salvateur l'entourait. Une nonne avait, semble-t-il, oublié sa coiffe sur une des tables.

Il prit un ouvrage racontant l'histoire de la ville (qu'il trouva fort mal écrit au demeurant), un registre des habitants depuis cinquante années, un document sur les différents types de navires ainsi qu'un autre sur les canons utilisés dans la flotte marine française.

Arthur Biscornu ne résista pas plus d'une heure et vint le déranger.

— J'ai pensé que ce livre pourrait vous intéresser, chuchota l'étudiant. C'est une étude sur les corsaires célèbres de la ville réalisée par un grand universitaire de Rennes, M. Grosquick.

Le dramaturge remercia le jeune homme qui s'éloigna immédiatement.

Il feuilleta l'ouvrage, s'attardant sur les pages qui attiraient son attention. Quelquefois, il prenait des notes sur son petit carnet, doutant franchement de leur utilité.

Il s'étonna qu'en 1590 une république indépendante, détachée du royaume de France, soit proclamée par les Malouins, eux-mêmes se soulevant contre leur gouverneur qui voulait les placer sous l'autorité du roi protestant Henri IV. Ils prirent le château que Jean V construisit pour surveiller leur loyauté vis-à-vis des ducs de Bretagne. Cette république dura la bagatelle de quatre ans avant d'être dissoute en même temps que le souverain abandonna le protestantisme.

Il apprit également pourquoi Jacques Cartier était devenu une si grande figure de la vie malouine. C'est lui qui, en explorant le Saint-Laurent, découvrit le Canada en 1534. Maîtres du trafic entre la

Bretagne, les Amériques et la Méditerranée, les Malouins amassent de véritables fortunes grâce aux métaux précieux. L'autorité royale accorde alors à cette flotte puissante le droit de s'emparer des navires ennemis contre deux tiers de leurs prises. C'est la grande époque des corsaires, dont le plus célèbre est très certainement Surcouf.

À la fin du XVIIe siècle, les riches armateurs que le roi Louis XIV appelaient les « Messieurs de Saint-Malo » obtiennent pour dix ans le monopole du commerce avec les Indes orientales, et commencèrent ainsi à ébranler la suprématie britannique. Saint-Malo est alors le plus grand port de France et commence à subir les attaques anglaises. C'est à cette période que la cité gagne, grâce à l'ingénieur Siméon de Garangeau, sa physionomie définitive et ses fortifications.

Les yeux de Scribble se fatiguaient. Au-dehors, la lumière déclinait avec le jour. Voilà plus de cinq heures qu'il était enfermé dans l'enceinte de la bibliothèque municipale. Entre ses remparts, la ville renfermait une si grande page d'histoire qu'il n'était pas difficile d'y déceler des événements sinistres. Ted trouva, bien entendu, l'histoire des Chiens du Guet.

Mais quel pouvait bien être le but poursuivi par l'instigateur de ces phénomènes ? Pourquoi remettre au goût du jour de tels épisodes ?

C'est en refermant le livre une fois pour toutes qu'il aperçut la petite enveloppe coincée entre la reliure et la page de garde. Il la sortit délicatement et s'arrêta net en s'apercevant que son nom figurait à la place réservée au destinataire.

Abasourdi, Ted sentit son cœur battre plus vite.

Il la décacheta avec empressement et en sortit un papier du format d'une carte de visite sur lequel une écriture malpropre avait griffonné ces deux vers :

Combien j'ai douce souvenance
Du joli jour de ma naissance.

Ils n'étaient pas signés. La carte et l'enveloppe étaient vierges de toute autre marque. Cette fois, il n'y avait plus aucun doute. La chevalière lui était destinée, autant que cette enveloppe portant son nom. On le mettait à l'épreuve, on cherchait à l'orienter...

Biscornu interrompit une fois de plus ses pensées, lui annonçant que la bibliothèque allait fermer dans une dizaine de minutes.

— Je suis désolé, gémit presque le jeune homme, mais je suis remplaçant ici et je ne peux me permettre de la laisser ouverte au-delà sans autorisation.

Ted exhiba l'enveloppe sans mot dire devant le commis.

— C'est vous qui avez glissé ceci dans le volume sur l'histoire des corsaires malouins ?

— Moi ? s'étonna le jeune homme. Non. Pourquoi l'aurais-je fait ?

— « Combien j'ai douce souvenance / Du joli jour de ma naissance », récita le dramaturge, en tentant d'y mettre l'accent. Cela ne vous dit rien ?

Son regard reflétait la plus parfaite incrédulité. Arthur Biscornu semblait innocent.

— Non. Mais je vais me renseigner si vous le désirez. Mon père est un as pour ce qui est de retrouver les auteurs des citations... Vous semblez inquiet, Mr Scribble ?

Ted le rassura et lui dit que ce n'était rien. Il restait toutefois décontenancé par la découverte de cette missive. Il demanda à l'étudiant de lui traduire le plus fidèlement possible les deux vers et consigna le résultats dans son carnet.

— Venez me rendre visite au premier étage quand vous aurez terminé, lui proposa l'étudiant d'un ton mystérieux. J'ai quelque chose à vous montrer.

Ted fronça les sourcils. Il lui restait à vérifier un détail. Il ouvrit l'*Histoire de la ville* et chercha l'année 1848. Bien sûr, il gardait à l'esprit l'incident de la veille, qui ne pouvait plus être fortuit après l'apparition de cette enveloppe à son nom. Du reste, il avait appris, tout au long de sa carrière de détective, qu'aux prises avec de telles affaires rien n'était vraiment accidentel ou simple coïncidence. La chevalière lui brûlait la paume.

Hélas, à cette date, il ne trouva pas grand événement à se mettre sous la dent. Il était temps de rejoindre le jeune homme dans son bureau. Le dramaturge reposa les livres empruntés.

Il se sentait las et fatigué. La lumière artificielle de l'entrée lui donna la migraine.

Arthur Biscornu l'attendait avec une certaine fébrilité.

— Je sais que vous enquêtez sur les fantômes de Saint-Malo, déclara-t-il tout de go. Tenez ! Voilà le drap qui recouvrait une partie de notre façade !

Ted s'avança vers le gigantesque morceau d'étoffe noire qui avait été remisé dans un coin de la pièce. Il s'agissait d'un tissu suffisamment robuste. Il le déroula sur quelques mètres et vit que le symbole populaire de la piraterie — les deux os croisés surmontés d'un crâne — était brodé en son centre. Le dessin paraissait petit au vu de l'ensemble.

— C'est vous qui l'avez décroché ? demanda le détective.

— Non ! Je ne suis pas assez costaud pour monter sur la façade jusqu'au toit.

— Il n'y a pas d'autre accès possible ?

— Pas à ma connaissance... À moins de sauter depuis le toit du bâtiment voisin.

Ted approuva. Le mystérieux personnage devait tenir une sacrée forme pour monter en haut des édifices, tenir en laisse deux molosses et manier une grosse pièce d'artillerie. Du reste, si l'on admettait l'existence de ce bateau, il ne devait pas opérer seul, mais était obligé de s'adjoindre tout un équipage à son service. Et où pouvait-il bien recruter ses matelots ? C'était une question à creuser.

Ted remercia vivement l'étudiant, qui en pleura presque. Il prit congé et décida de regagner au plus vite « Les Feuilles Divines », la boutique de sir Arlington.

7

— Une enveloppe à présent ! tonna le colonel, qui tournait et retournait l'objet entre ses doigts.

Ted l'avait surpris derrière son bureau en train de tenir son registre comptable.

— Elle a été glissée dans un livre que le commis de la bibliothèque m'a apporté, précisa Ted.

— Le jeune Biscornu, n'est-ce pas ?

Ted fit oui de la tête.

— Je réponds de lui comme de moi-même. Son père est un homme très érudit, qui plus est un fidèle client de ma boutique. Il s'agit bien là d'un nouveau mystère !

Ted rempocha la pièce à conviction.

— Quelles sont vos intentions pour ce soir ? demanda le marchand.

— Je ne suis pas encore fixé, maugréa le détective. Malgré ma bonne nuit de sommeil, je suis exténué. Probablement le changement d'air. J'ai passé l'après-midi penché sur des livres et mon cerveau cogne contre ma boîte crânienne depuis ! Lire fatigue bien plus qu'écrire, savez-vous cela, sir Arlington ?

— Je n'en sais rien, mais ce doit être toujours moins exténuant que de remplir ces satanés tableaux comptables ! Hélas, la colonne des charges se remplit bien plus vite que celle des revenus ! Si nos nombreux compatriotes résidents ou juste de passage à Saint-Malo daignaient s'approvisionner aux « Feuilles Divines », ce serait une tout autre histoire.

Le vieil homme éprouvait-il des difficulté à maintenir sa boutique à flots ? Il n'osa le demander.

— Mais j'y pense, continua-t-il en se levant, accompagnez-moi donc à la cathédrale Saint-Vincent ! Le Groupement des Violons malouins donne un concert. Un concerto de Tchaïkovski ! À n'en pas douter, une soirée mélodieuse en perspective !

Il brandit sa canne devant la fenêtre. Au-dehors, le noir semblait remplir la ville retranchée derrière ses remparts comme se remplit la bassine du malade après une bonne saignée.

— Ce n'est pas ce fou dangereux qui m'empêchera de sortir de chez moi ! fulmina l'alchimiste.

Après cet éclat, il sortit du bureau après le détective et ferma la porte à double tour.

— Nous dînerons à 20 heures, puis nous partirons. Si vous acceptez mon invitation.

Ted le fit de bonne grâce. Il aimait la musique classique et souhaitait visiter la grande cathédrale de Saint-Malo. Le rendez-vous fut pris.

Le repas fut bon quoique la douceur de la crêpe « Amandine » manquât pour le dessert. Farrokh avait appris à cuisiner le gigot à l'anglaise et le Yorkshire pudding. Et si les plats n'étaient pas assez relevés au goût du détective, c'était très agréable de retrouver les saveurs de son pays natal. Le détective et le marchand n'abordèrent pas le sujet des incidents mais centrèrent leur conversation sur l'histoire de la ville. Sir Arlington n'apprit rien de nouveau à Scribble. N'étant pas Malouin de souche, il se contentait de régurgiter des pages entières de manuels.

Le colonel avait tenu à arriver en avance sur l'horaire pour faire découvrir l'intérieur de la cathédrale Saint-Vincent à son invité. Ted suivit la démarche claudicante de son hôte pendant une dizaine de minutes.

— C'est une des plus belles représentations de l'art anglo-normand du XIIe siècle, commença le vieil homme en guise d'introduction. Si le chœur est de style gothique, la nef romane est d'inspiration angevine. Le raffinement se dispute à la sobriété.

Il fit signe au détective de s'arrêter au milieu de la nef.

— Regardez attentivement les chapiteaux, chuchota-t-il. On peut observer moult oiseaux, monstres et autres masques grimaçants ! Victor Hugo aurait été ravi de composer sur ce monument.

Ils continuèrent leur marche vers le chœur. Les violonistes accordaient leurs instruments et des sons très étranges agressèrent leurs oreilles.

— Voyez au-dessus des arcades... Les détails des sculptures rappellent le cloître du Mont-Saint-Michel. Connaissez-vous cet endroit magique ?

Ted secoua la tête.

— Je ne peux que vous conseiller de vous y

rendre le plus vite possible ! Qui sait ? L'atmosphère du lieu vous intéresserait. Il y souffle un vent glacial et les caves sont remplies de vermine. On y trouve de nombreuses cryptes et autres salles secrètes !

Le dramaturge resta silencieux. Quand allait-on enfin comprendre qu'il préférait cent fois la chaleur et les couleurs de la Rome antique au froid et au gris des pays nordiques ? Parbleu ! Plus il vieillissait et plus on lui faisait de telles remarques. Il était peut-être temps de cesser son activité de détective pour se consacrer pleinement à faire émerger son œuvre de l'océan de la grande littérature. Ted eut une soudaine envie de prier dans ce magnifique lieu de culte malgré son agnosticisme.

« Faites que mes enquêtes, Seigneur, ne passent pas à la postérité... Qu'aucun écrivaillon sans le sou ne les reconstitue puis ne les raconte avant ou après ma mort... Et si vous ne pouvez empêcher cela, faites qu'il n'use pas de titres trop idiots pour nommer ces affaires... Ne lui soufflez pas *La Forêt du pendu* ou bien *Les Fantômes de la crypte*... Pas plus que *Le Bourreau de Westminster*, ni *Le Chapiteau de la mort*... Auquel cas, toute ma postérité s'en trouvera bouleversée. »

Ted s'était laissé agripper par son hôte, qui s'arrêta devant une pierre tombale.

— Voici la sépulture de Jean de Châtillon, l'évêque fondateur de la ville. On l'a découverte en déblayant cette partie-là de la cathédrale. Vite, vite... le concert va commencer. Suivez-moi une dernière fois dans cette chapelle.

Ils continuèrent leur périple.

— Elle a été ajoutée au XVIe siècle pour que

Jacques Cartier et Duguay-Trouin, le fameux corsaire, puissent y être inhumés.

Le détective se posta devant la tombe comme s'il se recueillait. Voilà comment finissaient les grands hommes ! À Paris, on les enterrait même dans un bâtiment grandiose situé en plein centre de la ville. Lui devrait se contenter d'un enterrement loin de son village natal et de ses parents. Sans aucune famille. Une place anonyme dans le cimetière de Highgate, au nord de Londres, à l'ombre d'un arbre, voilà ce qui l'attendait.

Ils gagnèrent leurs places juste à temps. Deux sièges au premier rang étaient réservés au nom de sir Arlington, membre bienfaiteur de l'amicale malouine.

Le récital démarra immédiatement et dura un peu plus d'une heure. Une salve d'applaudissements retentit dans la cathédrale lorsque les six musiciens saluèrent. Ils avaient joué à tour de rôle certains passages, et d'autres de concert. Ce n'était pas une conception très orthodoxe du concerto, mais le résultat n'était pas si mauvais.

Bien sûr, cela n'avait rien à voir avec la qualité des musiciens du Royal Albert Hall, ni avec l'acoustique de cette merveilleuse salle. Ted se garda bien d'en faire la remarque au vieil homme qui, lui, semblait aux anges.

Les violonistes s'étaient néanmoins très bien tirés du finale allegro et Ted s'était surpris à se laisser submerger par l'émotion.

La musique avait eu le mérite de leur changer les idées. Pendant le concert, Scribble ne pensa ni à la chevalière, ni à l'enveloppe, ni même aux meurtres et aux autres incidents de Saint-Malo.

Ce n'est qu'au-dehors que le mauvais pressentiment du matin se raviva en lui. Le colonel lui faisait alors remarquer la présence de nombreuses gargouilles jaillissant des murs de l'imposant édifice.

— On murmure qu'un dentiste de la Grand-Rue aurait fait faillite à cause d'elles car ses clients, de sa fenêtre, faisaient face à un de ces masques grimaçants et croyaient y voir leur propre reflet !

Ted n'apprécia guère l'anecdote. Il avait hâte de rentrer. Les rues et les venelles sombres de la cité Malouine ne lui disaient rien qui vaille.

C'est aux alentours de minuit, alors qu'il commençait à peine à faire sombre, que l'événement craint se produisit. Le bruit d'une déflagration sourde transperça les murs de la demeure du marchand.

Aussitôt, Ted se rua à la fenêtre et ouvrit les volets. De la lumière parut aussitôt dans les appartements lui faisant face. Des Malouins sortirent également leur tête en se rendant à l'évidence. Le bruit venait de l'autre côté, du nord de la ville, cible visée précédemment par le canon du vaisseau fantôme.

Le détective passa rapidement un pantalon, une chemise et un pull, puis déboucha dans le couloir. Il manqua renverser le vieil homme. Le marchand était encore en pyjama, un bonnet de nuit vissé sur la tête.

— Avez-vous entendu, Mr Scribble ? (Il s'aperçut que le détective était habillé.) Vous ne dormiez pas ?

— Croyez-vous qu'il puisse s'agir d'un troisième tir de canon, sir Arlington ?

— Il me semble que c'est la même détonation que les fois précédentes !

Tout à coup, ils entendirent un bruit de chute, en bas, dans la boutique, suivi du fracas de nombreuses boîtes à thé roulant sur le sol.

— Farrokh ! s'écria le colonel. (Puis, s'adressant à Ted :) J'avais donné ordre au malheureux de guetter près de la tour Bidouane.

Ils descendirent au rez-de-chaussée et trouvèrent l'Indien, en sueur, le souffle coupé, avachi au milieu des feuilles de thé éparpillées au sol.

— Par tous les saints de l'Église anglicane ! tonna l'alchimiste. En voilà du beau travail !

Il constatait le désastre, sans même bouger.

— Votre serviteur a l'air secoué, sir Arlington, fit Ted en se précipitant vers lui. Aidez-moi à le relever !

— Vous plaisantez ? grinça le vieil homme. Ce gaillard pèse bien trois cents livres[1] au bas mot ! Il a la tête solide, ne vous en faites pas pour lui.

La pendule murale indiquait minuit et 20 minutes. Farrokh revint à lui quelques instants plus tard. Les deux hommes ramassèrent toutes les feuilles à l'exception de celles glissées dans les interstices du parquet. Une fois debout, l'Indien articula quelques mots. Son maître le rejoignit. Scribble restait à l'écart, hermétique à leur langage.

— C'est bien cela, soupira le colonel en passant une main sur son menton glabre. Alors qu'il guettait les mouvement sur la mer, Farrokh a soudainement aperçu un bateau au loin... entouré d'une sorte de lueur blanche très vive. Il est persuadé qu'il s'agit d'un fantôme.

L'aide de camp continuait son récit. Son ton mon-

1. Environ cent cinquante kilos.

tait phrase après phrase. Il avait retrouvé toute sa vigueur.

— Le navire était immobile, comme s'il était amarré à l'île de Cézembre.

À grand renfort de gestes, Farrokh décrivit l'explosion qui s'ensuivit. Il manqua adresser une droite puissante à son maître qui évita de justesse l'impact.

— Peu de temps après, il a entendu la déflagration. Le boulet de canon a détruit l'endroit où il se trouvait. Il a perçu le sifflement du projectile à temps pour sauter en bas des remparts par une ouverture dans le mur !

Ted fronça les sourcils. La carrure du serviteur rendait cette évasion un tantinet grotesque. L'Indien se tâtait le ventre depuis le début du récit.

— Il s'est fait violence pour passer son corps à travers le mur, mais c'était sa seule chance de survie.

Le miraculé commença à psalmodier.

— Ne faites pas attention, Mr Scribble. Il est en train de remercier son défunt père de lui avoir légué quelques-uns de ses talents de contorsionniste.

Le détective détourna les yeux de cette curieuse scène. Il n'y avait pas une minute à perdre : peut-être le galion était-il encore en mer, ce serait une bonne occasion de l'observer.

— Ce n'est pas la peine de vous rendre là-bas maintenant, le retint son hôte. Vous n'y verrez pas grand-chose. Quant au navire, Farrokh m'a dit qu'il s'était évaporé comme par magie quelques minutes après le tir. C'est alors qu'il a couru nous rejoindre.

— Mais le brigadier Lunebleue doit toujours se trouver sur les lieux. Je vais le trouver.

— Ce n'est pas très prudent de se promener à cette heure dans la ville. Rien n'aura changé demain matin, ne vous faites pas de bile !

Ted abdiqua. En somme, le vieil homme parlait avec la voix de la sagesse. Tout ce qu'il pourrait attraper ce soir sur les remparts, c'était une bonne grippe ! Quand il ferait jour, les Malouins parleraient sans se faire prier. Ils laissèrent donc Farrokh à sa prière et remontèrent se coucher.

Bien sûr, il eut du mal à se rendormir. Pouvait-on accuser cet Indien à l'esprit simple de fabuler au sujet du navire fantôme ? Quel pouvait bien être ce prodige, cette magie, qui faisait apparaître et disparaître un galion en une seconde ?

Devait-il rencontrer son premier fantôme à Saint-Malo ? Dans son pays, il avait déjà déjoué les stratagèmes les plus retorses, démasqué les supercheries les mieux construites en matière d'esprits et d'apparitions, souvent œuvres d'un fou mégalomane poursuivant quelque but inavouable. Les Français se montreraient-ils plus coriaces sur le sujet ?

Et que penser de ces deux indices qu'on lui avait ostensiblement apportés ?

Ted se laissa aller vers le sommeil en se promettant que le lendemain serait pour lui la journée des révélations.

8

Dès 8 heures le lendemain, un attroupement s'était formé autour du dernier impact de ce que les journalistes locaux et les Malouins s'étaient appropriés sous le nom du « canonnier fantôme ».

Lunebleue avait intelligemment disposé un cordon de gendarmes tout autour du site qui filtraient avec circonspection les personnes habilitées à s'y trouver.

Ted dut attendre cinq bonnes minutes avant de pénétrer plus en avant sur les remparts. Sir Arlington ne l'accompagnait pas : il devait tenir sa boutique.

— Je ne vous avais pas reconnu, s'excusa le brigadier, un sourire quelque peu ironique sur le visage.

Le détective l'ignora et se rendit immédiatement près de l'impact. Le maire de la ville et son adjoint étaient tous deux devant la partie détruite des remparts.

— Combien va-t-il encore coûter à la commune ! se lamenta l'édile. C'est cela que ce forcené cherche ? Assécher les caisses de notre ville ?

Le libraire fit un geste d'apaisement.

— Regardez, Mr Scribble ! Regardez ! s'exclama-t-il à l'arrivée de l'Anglais. Et nos ouvriers qui rechignent à reconstruire à l'identique ! Ah, quel malheur s'abat ici-bas ! Ne vous trompez pas à ce sujet !

Le projectile avait perforé tout un pan des remparts avant que le haut ne s'écroule. Le boulet était tombé sur la plage en contrebas. Des gendarmes s'évertuaient à le déplacer, mais sa masse imposante les en empêchait.

Ce ne fut pourtant pas ce spectacle qui fascina le dramaturge, mais plutôt la vue que lui offrait cette position.

Le soleil tapait fort en ce début de matinée et donnait un cachet presque irréel à la mer houleuse. Droit devant lui, il aperçut l'île de Cézembre, auprès de laquelle Farrokh avait, semble-t-il, aperçu l'embarcation corsaire.

Il s'approcha plus près, faisant fi des injonctions de Lunebleue lui demandant de rester en retrait. Une grande plage de sable barrait la côte de l'île.

Ses yeux le picotèrent car l'air était chargé de fines gouttelettes d'eau salée. À sa gauche, une vue non moins surprenante le ravit. Deux îlots, de plus petite taille, étaient comme posés sur l'océan ; le plus lointain supportant une construction de pierre.

— Je vois que le Petit et le Grand-Bé vous fascinent, dit M. Poucemeule, le libraire. Savez-vous que notre illustre écrivain François-René de Chateaubriand est enterré sur le Grand-Bé ? Je vous conseille d'aller y faire un tour à marée basse. L'endroit est inspirant !

Certes, Ted aimerait s'y rendre, mais pas

aujourd'hui. Il réservait cette visite pour un moment de loisir, lorsque les énigmes auraient été résolues. Pour le moment, c'est l'île de Cézembre qu'il aurait souhaité visiter. Il faudrait qu'il se renseigne à ce sujet. Trouverait-il un propriétaire de bateau assez vénal pour l'emmener là-bas ? Très certainement s'il y mettait le prix. Peut-être pourrait-il guetter un de ses habitants ? Le brigadier avait beau dire qu'il n'avait rien découvert sur l'île, Scribble savait qu'on n'était jamais aussi bien servi que par soi-même. Il ne dit rien à ce sujet à l'adjoint au maire, de peur qu'il ne le répète à l'officier.

Lunebleue rejoignit le petit groupe, la mine renfrognée.

— Une fois de plus, tous les témoignages concordent !

Une mouette blanche au long bec jaune les survola en piaillant à trois reprises.

— Les habitants du quartier ont vu très distinctement le navire voguer au large, près de Cézembre, reprit le brigadier. Il semble être apparu comme par magie, puis disparu de la même façon.

Cela corroborait en tous points le récit du serviteur indien.

— Vos témoins, demanda Ted, vous décrivent-ils le bateau avec précision ?

— Pour la plupart, non, bien sûr. Leur vision ne va pas aussi loin. Ils disent avoir juste vu une forme. Quelques-uns sont formels, comme c'est le cas de Mme Peignefin qui prétend en connaître tous les détails. Elle se vante l'avoir vu au travers de sa boule de cristal, mais je suis persuadé qu'elle se sert en fait de puissantes jumelles !

Il devait s'agir de cette diseuse de bonne aventure. Scribble pria Lunebleue de la lui désigner dans la foule.

— Celle qui piaille là-bas, avec le fichu violet.

— Pourriez-vous demander à votre agent bilingue de m'accompagner ?

Le maire fit signe au brigadier de se presser. Celui-ci maugréa et revint avec un jeune homme. Ted le remercia, puis alla à la rencontre de cette madame Peignefin.

— Bonjour, fit-il. Je suis Ted Scribble et j'aide la gendarmerie à élucider les mystères qui secouent votre ville.

— Il n'y a pas de mystère ! éructa la vielle femme.

Le vent gonflait son fichu, si bien qu'on aurait cru que sa tête était difforme. Des rides épouvantables lui striaient le visage en tous sens.

— Les grands hommes de Saint-Malo reviennent s'approprier la destinée de la ville ! Bientôt nous redeviendrons indépendants et nous n'aurons plus à subir le diktat de Fallières[1] et de ses sbires, Buisson en tête !

Elle jeta un regard noir sur le député. Des murmures d'approbation et de réprobation s'élevèrent dans la foule réunie autour d'eux. Sans le moindre doute, la médium devait être une Malouine pure souche.

— L'évêque ressort ses chiens pour punir les indigents et les visiteurs, et Surcouf et Duguay-Trouin nous reviennent les bras chargés d'or et de prestige ! Pendant que l'un bombarde la cité pour

1. Armand Fallières a été président de la République française de 1906 à 1913.

faire fuir le pouvoir en place, l'autre drape les bâtiments administratifs des vêtements du deuil !

Cette fois-ci, en plus des murmures, on entendit même quelques applaudissements. Le maire restait bouche bée devant pareille harangue.

— Tremblez, couards et vassaux ! Votre fin est proche ! Nos ancêtres reviennent pour bouter les Anglais hors de Saint-Malo !

Sa voix chevrota sur la fin pour se terminer en un gargouillis étrange. Exténuée, Mme Peignefin fit quelques pas pour s'appuyer contre les remparts.

— Si vous n'étiez pas aussi âgée, j'ordonnerai qu'on vous arrête pour trouble de l'ordre public ! ne put s'empêcher de tonner l'édile, malgré les appels au calme de son adjoint.

Ted était statufié par la scène. Il se rendit auprès de la vieille femme qui reprenait son souffle.

— Tu peux bien me passer les fers, maudit feudataire ! cracha la mégère. Quand le jour de l'abordage sera venu, je me ferai un plaisir d'embraser le bûcher pour ta petite personne !

Lunebleue voulut intervenir, mais Poucemeule l'en dissuada.

— On m'a dit que vous aviez vu le bateau corsaire dans les moindres détails, chuchota Scribble d'une voix douce. Pourriez-vous me le décrire ?

— Ma boule de cristal me donne cette longueur d'avance ! siffla-t-elle en se relevant. Je ne la partagerai pas de sitôt, et sûrement pas avec un Anglais !

Il n'avait pas dit son dernier mot. Cette diseuse de bonne aventure parlerait. Il s'était juré de faire avancer son enquête aujourd'hui, ce n'était pas pour être à la merci d'une virago récalcitrante.

— Mais je suis américain, plaida-t-il. Mes parents ont immigré très tôt à Londres

Décontenancée par cette information à laquelle elle ne s'y attendait pas, Mme Peignefin arrêta net sa logorrhée. Elle passait et repassait sa petite langue fourchue sur ses lèvres gercées.

— Soit. Il n'y a que les liens du sang qui vaillent. Votre famille a dû également combattre ces fichus protestants.

Elle se rapprocha de l'oreille du détective.

— Oui, le bateau est véritable. Je n'en ai pas eu une vision très fidèle car il se trouve bien loin, mais il est comme encadré dans une sorte de brume. Il doit être solidement ancré car il ne bouge pas d'un iota durant son attaque.

— Distinguez-vous des matelots à bord ?

— Non, je n'en ai jamais vu. Il n'y a personne, ou alors ils sont bien cachés. Mais ce n'est pas ça le plus étrange !

Elle prit sa respiration et s'humecta les lèvres. Ted tendit l'oreille.

— Vous ne devez jamais avoir vu cette chose, que ce soit du côté de New York ou de Philadelphie. Sa coque ne mouille d'aucune façon... Le navire flotte *au-dessus* de l'eau, m'entendez-vous ?

Sur cette dernière parole, la médium s'éloigna. Elle s'ouvrit un chemin dans la foule à grands coups de coude.

Déconcerté, Ted donna congé à son interprète et rejoignit le petit groupe des officiels.

— Cette femme est bien étrange, déclara-t-il. Elle m'a raconté une histoire à dormir debout.

— C'est une folle ! lâcha le maire, le visage plein de haine. Voyez comment elle m'a déconsidéré aux yeux de mes administrés ! (Il regarda sa montre.) Je vais vous laisser là, messieurs. Une affaire urgente m'appelle. Alfred, comptez-vous retourner à votre librairie ?

Le petit homme hocha la tête.

— Eh bien, peut-être pourriez-vous la faire découvrir à notre détective ? Il semble raffoler des vieux volumes.

Cette proposition eut au moins l'avantage de ravir tout le monde. Le brigadier aurait ainsi les mains libres, l'édile pourrait regagner son bureau, le libraire sa boutique et Ted ferait d'une pierre deux coups : visiter un lieu de savoir et questionner l'adjoint au maire sur bon nombre de sujets.

9

Situé rue Marion, la librairie d'Alfred Poucemeule n'avait rien à envier à ses concurrentes parisiennes. Ce fut le propriétaire en personne qui, sans fausse modestie, renseigna son prestigieux visiteur.

Les ouvrages étaient admirablement bien classés, par genre et par auteur. Cela n'avait rien à voir avec les librairies fourre-tout de Charing Cross à Londres où l'on devait souvent passer plus d'un après-midi avant de dénicher la perle rare.

À « La Plume de Chateaubriand », les rayonnages spacieux et la lumière agréable, claire sans être trop agressive, permettaient au chineur de feuilleter des pages et des pages sans s'abîmer les yeux.

Pour ce qui était des prix, Ted fut bien incapable de s'en rendre compte, ne possédant aucune notion de la conversion des devises.

La femme du libraire, une dame charmante, tenait la caisse et passait quelquefois le plumeau sur les rayons en laissant juste ce qu'il faut de la couche de poussière qui confère au lieu son odeur et son prestige.

— Savez-vous que j'écris ? fit Ted au détour d'un rayon.

— Toujours maintenant ? répondit le marchand dans un anglais approximatif. Il m'a semblé que vous aviez cessé vos feuilletons dans le journal.

— Je ne parle pas de cela, soupira le dramaturge, mais de pièces de théâtre et de poèmes en latin !

— En latin ? Quel courage ! Personne ne veut plus le lire de nos jours.

— C'est un terrible constat !

Alfred Poucemeule cherchait à détourner le cours de la conversation. Il lui arrivait d'éditer quelques ouvrages, puis de les faire imprimer à Rennes, mais il n'avait nullement l'intention de le confier à l'Anglais. À ce qu'on lui avait répété, l'homme était un bien piètre auteur.

— Cherchiez-vous un volume en particulier, Mr Scribble ?

Ted se garda bien de dire qu'il recherchait depuis dix ans toute sa collection de livres anciens, achetés lorsqu'il était maître-fesseur au collège d'Eton, et revendus à son arrivée à Londres pour se payer le gîte et le couvert. Il tenait avec *L'Enfer* sa première pièce et ne comptait pas en rester là. Il se pouvait que la librairie en possède d'autres, si elle avait acheté un stock entier à Whitechapel, son quartier d'origine.

Néanmoins, il n'était pas ici, hélas, pour fouiner sur les étagères. Le petit homme connaissait la région et ses habitants et il pourrait trancher sur un certain nombre de questions qu'il se posait depuis hier.

— Si l'on admet l'existence *matérielle* de ce bateau, commença-t-il en s'appuyant contre le rayon des guides de voyage, il lui a fallu recruter un équipage pour le faire naviguer. Croyez-vous qu'il soit possible d'en engager un au pied levé dans la région ?

Mme Peignefin assurait que le galion était vide. Il se garda bien de le répéter au libraire.

— Je pense que c'est faisable. Des équipages comme celui du capitaine Baffrey stationnent toujours dans les environs et acceptent toutes les missions, du moment qu'ils sont grassement rémunérés. Néanmoins, je doute que ce soit un véritable navire. Comment voulez-vous qu'il disparaisse et réapparaisse dans un laps de temps aussi court ?

— Il y a un mystère là-dessous, bien sûr. Peut-être une illusion d'optique ?

— Cézembre est plongée dans le noir complet une fois la nuit tombée, fit observer l'adjoint au maire. Le bateau ne pourrait être visible de la ville grâce à la seule lueur de la lune. Il y a autre chose...

Ted approuva sobrement. Et dire qu'il ne s'agissait là que d'un seul des trois mystères !

— Avez-vous été au chenil de Saint-Servan ? enchaîna Poucemeule comme s'il avait lu dans l'esprit de l'Anglais.

— Au chenil ?

— Sir Arlington ne vous a rien raconté ? En fait, la gendarmerie pense que les chiens qui ont dévoré les deux victimes proviennent de cet établissement. Il est tenu par un ancien bagnard reconverti qui ne veut pas collaborer avec les forces de l'ordre. Comme nous n'avons aucune preuve contre lui, il se plaint, à chacune des visites de Lunebleue, de notre acharnement. Comme il a payé déjà sa dette à la société, il nous est impossible de le forcer à parler. Vous qui avez réussi avec Mme Peignefin, peut-être obtiendriez-vous le même résultat avec Ballopied ?

Il y avait là matière à enquêter. Scribble se disait qu'il ne devrait pas tarder à rendre visite à ce monsieur.

— Je vais vous laisser à présent, mais j'ai une dernière question : La boutique de mon compatriote ne battait-elle pas un peu de l'aile ces temps-ci ?

— Vous plaisantez ! manqua s'étrangler le libraire. Il doit gagner en une semaine ce que chacun de nous gagne en une année ! On vient de toute la France et même de l'Europe entière pour se procurer ses mixtures.

Ted nota cette information dans un coin de son cerveau. Elle pourrait être, songea-t-il, très instructive.

Il prit congé du libraire et de son épouse qui l'invitèrent à repasser quand bon lui semblerait.

Ce fut l'agent parlant anglais qui fut désigné par son supérieur pour conduire Scribble à bord du fourgon jusqu'à Saint-Servan.

Ted n'avait pas de temps à perdre pour s'y rendre à pied et avait sollicité les services de la gendarmerie. Il ne croisa pas Lunebleue, occupé — aux dires du gradé de faction — à extraire du sable le boulet de canon.

Saint-Servan se situait au sud de la ville intramuros. On y trouvait de belles propriétés et de vastes jardins. Le port de plaisance donnait à l'ensemble un aspect plutôt chic. C'est sur ces terres qu'était née, au VIe siècle, la cité d'Aleth, fondée par le moine gallois MacLaw. Ce fut son successeur qui transporta la ville sur l'îlot rocheux voisin et fit naître Saint-Malo. Méconnue, Saint-Servan a donc le privilège de l'ancienneté sur sa célèbre voisine.

Après un court trajet, le fourgon s'arrêta en retrait du chenil. Ted donna l'ordre au gendarme de repartir. La distance n'était pas énorme et cela lui ferait du bien d'y aller à pied. Car il ne fallait pas que le fourgon de la brigade soit repéré.

De là, on entendait les jappements des chiens. Le vent soufflait avec moins de vigueur que dans la cité fortifiée, mais le soleil déclinait, ce qui rendait l'air plus froid et plus humide.

L'écrivain accéléra sa marche vers l'entrée de la propriété.

Le coup de canon de la veille le confortait dans sa théorie : l'instigateur des événements ne respectait pas un schéma vraiment logique. Si tel avait été le cas, même après deux jours de repos, il aurait commencé cette nouvelle semaine par une sortie meurtrière des molosses. Le boulet sur les remparts ne serait venu que cette nuit.

Était-ce un changement de stratégie mûrement réfléchi ou bien la résultante des rondes mises en place par le brigadier Lunebleue sur les remparts ? Menées de façon mathématique, elles pouvaient très bien avoir dissuadé les molosses et leur maître.

Les bruits se précisèrent. Ils provenaient d'une structure en bois posée contre un petit pavillon en pierre. Une odeur nauséabonde s'en échappait. Ted était fin prêt pour sa rencontre avec le propriétaire.

— Monsieur Ballopied ?

Les cris hystériques d'un chien lui répondirent.

— Andrea ! Ferme la !... Ouais, C'est pour quoi ?

Enfin, Ted l'aperçut. C'était un petit homme gras, court sur pattes, au visage balafré du côté droit, de la narine à l'oreille. Il portait un cache-œil bleu marine et une casquette de même couleur.

— Qu'est-ce que vous voulez ?

— Vous parlez anglais ? demanda Ted en français.

— Un p'tit peu, répondit l'homme en néerlandais.

Ted ne le contredit pas. S'il avait été pensionnaire du bagne de Cayenne, il y avait de fortes chances pour qu'il soit resté ensuite quelque temps au Surinam voisin. Mais confondre avec l'anglais ! Encore un Français qui respirait l'intelligence à pleins poumons ! Fort heureusement, le dramaturge connaissait les rudiments de la langue batave, apprise en observant par la serrure la silhouette avantageuse de la charmante madame Holgebrutte, professeur émérite au collège d'Eton.

— Je viens de m'installer dans la région, commença-t-il. Je suis écrivain et je vis seul. La solitude me pèse.

Combien de fois s'était-il entraîné à dire ces mots devant un miroir, en imaginant l'enseignante en face de lui ? C'était quelques mois avant que la douce Miss Weller pointe son nez mutin dans les couloirs du collège. Le propriétaire du chenil fronça les sourcils.

— J'aurais besoin d'une compagnie et j'ai pensé qu'un chien...

— Vous êtes à la bonne adresse, fit le balafré en allumant un vieux mégot qu'il avait ramassé par terre. Suivez-moi.

Il le mena dans le bâtiment en bois où l'odeur

n'était plus simplement nauséabonde mais bien insupportable. Ted se pinça le nez au fur et à mesure de sa progression devant les cages sales.

— Faut pas vous faire de soucis ! Les bêtes sont propres. C'est moi qui n'ai pas trop le temps de m'en occuper. Approchez-vous, elles sont pas méchantes.

À peine avait-il fait un pas qu'un caniche roux fit un bond de deux mètres pour montrer les quelques dents qui lui restaient et grogner. Ted se recula vivement.

— Arrête de japper, Andrea !

Ballopied donna de grands coups de botte dans la cage, ce qui fit taire le bestiau. Ils continuèrent d'avancer.

— C'est une sacrée garce, celle-là ! ricana-t-il, goguenard. Elle cherche à mordre tous ceux qui passent près de la cage.

Le chenil ne comptait que des animaux de compagnie. Il n'y avait pas un seul molosse derrière les grillages.

— Vous n'avez pas de chiens plus gros ? s'enquit Ted, d'une voix encore plus pincée que d'ordinaire, en arrivant au bout des cages. Un berger allemand par exemple ?

Le gros homme lui jeta un regard noir.

— Je vends pas de dogues, moi, c'est ma philosophie. Si vous cherchez de grosses bêtes, faut monter à Rennes.

Puis il marmonna une phrase en français dont le sens échappa à l'Anglais. En fermant le cadenas d'une des cages, il fit tomber son mouchoir. Ted se hâta de le ramasser pour le lui redonner, mais s'en abstint au tout dernier moment. Il empocha le morceau de tissu, persuadé qu'il pourrait lui servir le cas échéant.

Le détective prit congé peu de temps après. L'odeur infernale du chenil avait eu raison de sa détermination. Il n'était pas du tout convaincu par le discours de l'ancien bagnard mais, comme la gendarmerie, il manquait de pièces à conviction pour le pousser dans ses derniers retranchements. L'homme devait avoir des filières capables de lui fournir à la demande deux grosses bêtes qu'il aurait ensuite revendues à l'organisateur des forfaits ou à l'un de ses sbires.

L'air venant du large lui fit le plus grand bien. Il en savoura chaque bouffée. Sa montre indiquait 5 heures un quart quand il apercevait la tour Solidor toute proche.

C'est lors de son retour dans la ville, tandis qu'il passait sous l'arche de l'entrée principale après avoir longé le château, que le troisième indice lui fut délivré.

Une petite croix en bois, de la taille de celle que portent les curés autour du cou, manqua de peu le crâne du détective et tomba à pic sur le sol pour rebondir dans le caniveau.

Ted leva immédiatement la tête, mais ne vit personne sur les remparts. Il était pourtant certain qu'on avait lancé la croix de là-haut dans le but qu'elle tombe à ses pieds, ou même sur sa tête.

Aucune inscription n'était gravée dessus.

Il était temps de relier entre eux ces trois indices et de résoudre l'énigme dans l'énigme. S'il découvrait ce lien, sa journée aurait été bien remplie. Sans avoir vraiment avancé à propos du bateau, des chiens et des draps noirs, il avait quand même récolté quelques renseignements susceptibles de l'orienter.

Le détective rangea la croix dans la poche de son manteau, là où se trouvaient déjà la chevalière et l'enveloppe, et prit la direction de la bibliothèque, en espérant y trouver le jeune Biscornu.

10

Ted Scribble stoppa net sa marche assurée.

Alors qu'il passait devant un kiosque situé sur la place Chateaubriand, tous les journaux, sans aucune exception, faisaient leur une sur les incidents de Saint-Malo. L'un d'entre eux avait barré sa première page d'un bandeau « Édition spéciale » et proposait, outre une photo de Ted accompagnée d'une courte biographie, le témoignage exclusif de l'épouse de feu Adolphe de Montbalait. Au-dessus de la photo de la veuve éplorée, toute de noir vêtue, ces quelques mots : « Mon mari avait une maîtresse : le thé. »

Ted s'approcha en renâclant. Dans le résumé de la vie du détective, il n'était fait aucune mention de son travail d'auteur. Il pesta dans sa langue natale devant le regard ahuri du vendeur.

Les journaux français n'étaient pas en reste. Alors qu'il s'attendait plus de retenue au pays de Voltaire et de Rousseau, il découvrait les mêmes recettes populaires qu'à Londres, même si la mise en page était plus sobre. Brackwell se serait très certainement déchaîné si une telle affaire s'était déroulée dans un quartier de Londres. En plus de l'édition matinale, le rédacteur en chef de *The Shore* aurait proposé à ses lecteurs deux éditions spéciales supplémentaires et dépêché des pigistes à chaque coin de rue ! Depuis que les lecteurs du journal se comptaient en millions, rien ne pouvait arrêter son ancien patron dans sa quête du sensationnel. À Saint-Malo, si on lui avait confié la couverture des événements, il aurait envoyé Tom sur une barque pour guetter les mouvements autour de Cézembre et traquer la photo exclusive, quitte à ce qu'il reste des jours et des nuits sur la mer déchaînée.

Sur le chemin de la bibliothèque municipale, les pensées tourneboulaient dans la tête du détective.

Quel crédit devait-il apporter aux confidences de Mme Peignefin ? Devait-il y voir un élément à prendre en considération ou bien mettre ses élucubrations sur le compte d'un esprit malade ?

Il ne devait plus faire face à un déficit d'informations à présent, mais à un trop-plein ! Il fallait décanter cette situation embrouillée et résoudre l'énigme posée par les trois indices.

Il trouva le jeune Biscornu à la réception de la bibliothèque.

— Ah, Mr Scribble ! Je vous ai couru après dans toute la ville !

L'étudiant l'accueillit gaiement et lui donna l'accolade.

— Mon père a enfin trouvé ! Une belle énigme que vous lui avez collée avec ces vers ! Mais il détient la solution !

Ted se défit de cette étreinte gênante et pria le jeune homme de lui souffler la réponse.

— Les *Poésies* de Chateaubriand ! Le joli lieu de sa naissance, c'est Saint-Malo bien sûr !

Ted se gratta le menton. Alfred Poucemeule avait fait référence à cet écrivain ce matin même. Le chantre du romantisme n'était-il pas enterré sur le Grand-Bé, l'île accessible à marée basse par la porte des Bés ? Il en demanda confirmation.

— Exactement ! s'enflamma Biscornu.

Soudain, Ted eut l'illumination tant attendue.

— Peux-tu vérifier si votre grand homme est bien mort en 1848 ?

— Il me semble. J'y vais de ce pas.

Le jeune homme partit comme s'il avait le diable à ses trousses et revint quelques secondes plus tard, un gros volume ouvert entre les mains.

— C'est bien cette année-là !

Il en fit tomber ses grosses lunettes par terre.

— Alors pourquoi n'en ai-je pas trouvé trace, hier, dans les registres de la ville ? interrogea le dramaturge.

— François-René de Chateaubriand est mort à Paris, bien qu'on l'ait inhumé dans sa ville natale... Il a rendu l'âme à Paris, insista-t-il.

Tout devenait clair. Les pièces s'imbriquaient. Et la croix, bien sûr, cela désignait la tombe ! On voulait l'attirer là-bas ! Quel idiot de ne pas avoir trouvé cet enchaînement plus tôt !

— Sa tombe est-elle souvent visitée par les Malouins ?

— Certes, non. On y va une fois dans sa vie et cela suffit bien, comme font les habitants de Combourg pour son château. Ils attendent leur retraite pour le visiter ! C'est tout dire !

L'étudiant observa une courte pause.

— À part les quelques touristes et vacanciers anglais, personne ne vient jamais troubler la quiétude du maître.

C'était en substance ce que voulait entendre Scribble. Le lieu présentait l'avantage d'être désert pratiquement toute la journée et surtout à l'abri des regards.

Mais qui pouvait bien avoir intérêt à l'entraîner sur l'île ? Était-ce pour l'aider ou bien dans le but de le supprimer ? Et si la chevalière, l'enveloppe et la croix avaient été dispersées par le fou aux chiens en personne, infiltré dans la ville et ayant pour seconde mission d'entraîner Ted dans un lieu reculé pour l'occire ? Sur l'île du Grand-Bé, les glapissements des chiens et les hurlements de leur victime devaient être inaudibles depuis la cité.

Ne sachant encore quelle attitude adopter, il prit congé de l'étudiant, qui lui donna de nouveau l'accolade, et rentra à la boutique.

Il y avait foule aux « Feuilles Divines ». Le détective monta discrètement dans sa chambre sans que sir Arlington l'aperçoive. Le vieil homme arborait un franc sourire devant cette affluence.

Les jambes de Ted lui tiraient, suite à sa marche depuis Saint-Servan. Il n'était plus habitué à arpenter le bitume comme lors de son arrivée à Londres, à l'époque où il n'avait pas de quoi se payer un ticket de bus. Ces derniers temps, il hélait un taxi ou empruntait le métro, selon le cas. Lors des enquêtes où il secondait Scotland Yard dans sa tâche, le superintendant Crown lui affrétait même une calèche particulière pour tous ses déplacements.

En ce moment, il se félicita d'avoir parcouru la distance à pied et se dit que, après tout, suivre Tom dans ses joggings du dimanche matin à Hyde Park n'avait pas été une mauvaise idée. Même si l'adolescent se servait de ce prétexte pour repérer les demoiselles qu'il irait ensuite séduire en semaine, lui, Ted, pouvait très bien s'accorder cette balade dans un but strictement sportif.

Allongé sur le lit, l'image du Grand-Bé lui revenait sans cesse. Bien sûr, il voulait s'y rendre très vite. Mais n'était-ce pas trop dangereux ? Et s'il demandait à Farrokh de l'accompagner dans ce périple ?

Sa présence pouvait se montrer soit dissuasive, soit salvatrice. Si c'était un ami qui attendait Ted près de la croix de Chateaubriand, il y avait fort à parier qu'il se renfrognerait et ne se montrerait pas. À l'inverse, si un guet-apens lui était réservé près de la pierre tombale, l'aide de camp du colonel se fera une joie de courser les forbans avant de leur envoyer une bonne décharge de chevrotine dans le derrière ou de les assommer d'un puissant coup de poing.

Ted tourna et retourna le problème dans sa tête, puis décida de redescendre dans la boutique pour voir si son hôte était enfin disponible.

Le colonel, appuyé sur sa splendide canne, essuyait son front luisant à l'aide d'un mouchoir de soie.

— Ah, Mr Scribble ! s'écria-t-il. Je ne vous ai même pas vu rentrer ! Ma clientèle ne me laisse plus un moment de répit depuis ces événements. Elle réclame le thé qui porte le nom de mon ami le comte. Je ne sais pas si l'on doit y voir un simple hommage ou bien un penchant pour le macabre.

Il était volubile.

— Mais, au fait, comment s'est passée votre journée ? A-t-elle été fructueuse ?

Le détective ne se fit pas prier pour la raconter dans les moindres détails. Il s'abstint néanmoins de répéter les propos de la médium et insista sur le lien entre la chevalière, l'enveloppe et la croix.

— Il faudra retourner au chenil pour faire parler cet impotent ! conclut son hôte. Farrokh pourra vous accompagner. Quant à votre escapade sur l'île...

Sir Arlington se montra un peu soucieux. Il sortit un petit livret d'un tiroir et le consulta.

— La marée est en train de remonter, Mr Scribble. Si vous voulez vous y rendre, il faut partir maintenant. Mais je ne sais pas si cela est vraiment nécessaire...

L'alchimiste ne montrait pas grand enthousiasme à ce que son invité se rende à cet étrange rendez-vous.

— Voulez-vous que Farrokh vous accompagne ? Le colonel répéta sa proposition.

C'était le moment pour Ted de faire son choix, de parier sur une présence amie ou ennemie sur l'île. Après réflexion, il se décida :

— Je préfère pas. Si j'ai affaire à un bienfaiteur, la venue de votre domestique pourrait le faire fuir.

— Ce que je doute fort, marmonna le vieil homme.

Il se redressa et sortit un pistolet de son tiroir.

— Prenez au moins cette arme ! Vous savez tirer, j'imagine ?

Alors qu'il s'était toujours refusé à employer la moindre arme à feu, Ted accepta l'offre. Il saisit l'objet avec appréhension. Son hôte lui fit une brève démonstration de l'engin, à laquelle il ne comprit absolument rien.

— J'ai reçu un télégramme de Mr Kingdom ce matin, reprit-il.

Il montra un rectangle de papier au dramaturge qui plissa les yeux de surprise. Il ne connaissait aucun Mr Kingdom dans ses relations.

— Ne vous étonnez pas ! C'est le nom qu'utilise le roi pour correspondre avec moi. Il me demande si votre enquête avance comme il se doit. Je vais attendre demain pour lui vanter vos mérites quoiqu'il n'ait pas besoin d'être rassuré sur ce point. Il vous appelle « le génial soldat Œil[1] » pour ne pas être trop explicite. C'est tout dire venant de mon ami qui est d'ordinaire plutôt avare en compliments.

Ted se sentit revigoré par cet éloge royal. Qui sait après tout si Brackwell n'est pas dans le vrai lorsqu'il prédit le prochain anoblissement de son ancien feuilletoniste ?

« Si cela arrive un jour, répétait inlassablement le rédacteur en chef, j'ose espérer que tu donneras l'exclusivité de la cérémonie à Buckingham au journal. Tu me dois bien ça ! »

Après avoir remercié le colonel, Ted remonta dans sa chambre pour se vêtir plus chaudement. Sa décision était prise : la visite du Grand-Bé, ce serait maintenant ou jamais. Il glissa le pistolet à sa ceinture en espérant que le cran de sûreté était enclen-

---

1. Où l'on apprend le caractère espiègle du roi George V. Le « génial soldat Œil » est un jeu de mot avec l'expression *Private eye* signifiant détective privé et *Private* désignant un soldat dans le langage militaire.

ché. S'il ne tirait pas, il pourrait toujours le sortir à des fins dissuasives.

Quand il redescendit fin prêt pour informer son hôte de sa sortie, celui-ci s'était enfermé dans son atelier. Un rai de lumière passait sous la porte close. Ted dut frapper à trois reprises pour qu'il l'entende.

— Bonne chance, Ted ! lança ce dernier. Prenez garde à vous.

C'était la première fois que le gentilhomme le nommait par son prénom.

Au moment de franchir le seuil, il ne put s'empêcher de jeter un œil discret sur le télégramme du roi. Il sourit à l'évocation de sa présence en ce lieu, mais déchanta dans les dernières lignes. Le souverain écrivait : « En échange de ce service, n'oubliez pas ma caisse de liqueur. Les bonnes boissons se font rares au palais. »

Force était de constater que George V aimait l'alcool et que les racontars prenaient corps à la lumière de ces deux phrases.

Cette pensée emplit l'Anglais d'une profonde mélancolie.

11

Le sable humide collait aux semelles des mocassins que Ted s'était achetés chez John Lobb la semaine passée. Il espérait que le contact de cette gadoue n'abîmerait ni ne ternirait le cuir. Avant d'atteindre le chemin de pierre menant à l'île, il fallait parcourir une centaine de mètres sur la plage — la distance qui le séparait de l'escalier incrusté dans la tour de la porte des Champs-Vauverts.

La mer n'était pas très agitée en ce début de soirée. À en croire l'horaire de marée que lui avait remis le colonel, elle atteignait maintenant la moitié de son trajet vers le rivage. L'entretien avec son interlocuteur mystérieux ne devrait pas durer plus d'une heure ou bien le gué serait à nouveau immergé, et il faudrait alors attendre six heures de plus pour passer. La nuit commençait à tomber et Ted se dit qu'il aurait dû avaler ou boire quelque chose de chaud avant de débuter cette expédition.

Il essayait de faire de longs pas pour réduire le nombre de contacts avec le sol. Maudite plage ! Pourquoi n'avait-il pas troqué ses chaussures luxueuses contre une paire de bottes de chalutier ?

À certains endroits, il écrasait des coquillages qui se brisaient dans un bruit crispant. Plus il avançait et plus il s'enfonçait. Il cessa alors ses grandes enjambées. De l'eau s'infiltra dans ses mocassins et il sentit aussitôt ses chaussettes se mouiller. En proie à un énervement croissant, il courut vers le chemin et sauta dessus, manquant glisser sur la mousse verte qui pullulait entre les pierres.

La couleur verte égayait ce parcours triste, gris et marron, parsemé de chapeaux chinois, ces petits coquillages qu'il découvrait en vrai pour la première fois après en avoir vu à de nombreuses reprises dans les livres. Il essaya d'en décoller un du sol, mais n'y parvint pas.

Il marcha sur le passage érodé par ces incessantes immersions en bougonnant contre ce foutu environnement breton et arriva rapidement au pied de l'île. La stature imposante du rocher l'impressionna bien plus que sa vision des remparts.

Battus par le vent, les arbustes et les hautes herbes de son versant sud semblaient danser une gigue infernale. Le bruit des vagues et les piaillements d'oiseau renforçaient le caractère sauvage du lieu. On se crut à mille lieues de la ville fortifiée, ayant atterri au pied d'un îlot perdu au milieu de l'océan. Un coup d'œil en arrière suffit à le rassurer. Vue d'ici, Saint-Malo avait un aspect rassurant.

Ted emprunta la voie principale menant très certainement à la tombe en espérant que cette sensation de froid et d'humidité sous sa voûte plantaire allait passer.

À partir de cet instant, il devait rester sur ses gardes, se dit-il. L'ami, ou l'ennemi, pouvait surgir à tout instant. Il pensa néanmoins que la rencontre aurait lieu certainement près de la tombe. Sur le chemin, on restait à portée de vue d'un observateur posté sur les remparts de la cité Malouine.

Son cœur se mit à battre plus vite. Sa respiration se fit plus haletante et plus silencieuse à la fois.

Lorsqu'il se rapprocha de la pierre tombale, le sentier devint plus touffu, plus sauvage. Il dut écraser les herbes avec précaution pour ne pas faire trop de bruit inutile. Mieux valait prendre son interlocuteur par surprise plutôt que l'inverse.

Idiot ! se rabroua-t-il. *Voilà deux jours qu'il doit t'attendre ici. Tu ne crois pas qu'il reste assis toute la journée à lire. Il s'est approprié l'île et guette ton arrivée derrière un talus. Plus aucun coin ni recoin n'a de secret pour lui. Depuis ton premier pas sur la plage, il se frotte les mains...*

Il ne devrait pas tomber dans la paranoïa. Après tout, il pouvait aussi bien s'agir d'une farce, d'une blague qu'un de ses compatriotes jaloux lui aurait lancé pour qu'il s'égare sur une fausse piste et perde du temps.

Enfin, il découvrit le monument funéraire, qui n'avait rien de superfétatoire.

Située au bord de la falaise nord de l'île qui descendait à pic, c'était une tombe grise surmontée d'une croix en granit et entourée d'une grille en fer forgé pour que les imprudents ne s'approchent pas trop.

Dans ce lieu, face à la mer, le maître du romantisme reposait dans le plus beau des décors. Une phrase gravée sur une plaque située derrière la tombe prévenait le visiteur : « Un grand écrivain français a voulu se reposer ici pour n'y entendre que la mer et le vent. Passant, respecte sa dernière volonté. »

Mais Scribble ne devrait pas laisser son esprit vagabonder. Il n'était pas ici en touriste. Se tenir si près du bord et tourner le dos à la terre faisaient de lui une proie facile.

Il attendit quelques instants, jetant des petits coups d'œil inquiets, à droite puis à gauche. Personne ne vint.

Il ne pressentit même aucune présence humaine.

Il inspecta attentivement les alentours sans rien trouver.

Personne.

On s'était moqué de lui. Il s'apprêtait à faire demi-tour, enrageant d'avoir perdu son temps, mais soulagé de pouvoir quitter l'île avant la marée haute, lorsqu'il fut tenté par le talus surplombant la tombe.

Faire face à la mer inspirait l'hommage. Un léger crachin se mit à tomber comme pour le pousser à s'exprimer. Sans trouver cette attitude ridicule, il se posta sur le talus, derrière la tombe, et leva un bras vers l'ouest, désignant le soleil couchant. Son manteau claquait contre ses mollets et ses cheveux pourtant courts virevoltaient sur son crâne. Il pensa à son œuvre, ne se voulant plus être détective. Il se remémora ses premières pages écrites en latin, les encouragements de sir Alec Murphy — le vieux professeur d'Eton, décédé peu après dans sa cent septième année —, les dénigrements des autres enseignants et de ses collègues devant son théâtre jugé réactionnaire et passéiste.

Une vieille lecture lui revint, une des seules en français qu'il pouvait attribuer sans le moindre doute à Chateaubriand. Ces quelques vers parlaient de lui, de tous les créateurs qui continuaient à aimer le latin pour la tragédie qu'il engendre jusque dans ses sonorités. Il fit un effort de mémoire et reconstitua le quatrain dans sa tête. Quatre alexandrins. Il devait tout faire pour y mettre l'accent, en hommage à ce prestigieux littérateur couché sous lui. Il prit position sur le talus, son bras devint encore plus raide, les gouttes se firent plus grosses.

Et il déclama :

Si l'on n'est plus que mille, eh bien, j'en suis ! Si [même
Ils ne sont plus que cent, je brave encore Sylla
S'il en demeure dix, je serai le dixième ;
Et s'il n'en reste qu'un, je serai celui-là.

À la dernière rime, une main vint tapoter l'épaule gauche du détective. Celui-ci sursauta si fort qu'il faillit tomber à la renverse de l'autre côté. Se fracasser le crâne sur la tombe de l'écrivain, ce serait un comble !

— Mais c'est du Victor Hugo que vous récitez là !

Ted se retourna et *la* vit. Il ne put apercevoir son visage car la femme portait les habits religieux d'une sœur. Il lui sembla pourtant l'avoir déjà vue quelque part.

— Quoique vous n'ayez pas tort en rendant hommage de si belle façon à Victor Hugo, continua-t-elle dans un anglais parfait. Savez-vous qu'il a passé quelques jours ici en compagnie de sa maîtresse Juliette Drouet ? C'était en 1836. Il décrivit la région comme un dépotoir que seul l'océan réussissait à laver[1]...

— Qui êtes-vous ? demanda Ted, le souffle coupé.

— Je suis sœur Claire. Je vous observais d'un peu plus bas depuis votre arrivée et je n'ai pas pu résister à l'envie de monter. Vous récitez de fort belle façon au demeurant. Vous parlez français ?

Ted secoua négativement la tête.

— Alors c'est encore plus remarquable !

Elle s'approcha de lui et l'aida à se relever. Il vit enfin son visage et était à cent lieues de l'imaginer ainsi. La demoiselle ne devait pas avoir plus de vingt-cinq ans. Quelques cheveux blonds se devinaient sur son front et près de ses oreilles. De fines taches de rousseur mouchetaient son joli minois. Il aurait aimé la voir sans cette coiffe.

— Je suis contente que vous ayez enfin trouvé la solution de ma petite énigme, déclara malicieusement la religieuse.

— Pourquoi toute cette mise en scène pour me rencontrer ? Que voulez-vous à la fin ?

Le détective adopta un ton presque menaçant. Il s'était ridiculisé à l'instant devant cette femme et ne l'acceptait guère.

---

1. Devant cette retranscription farfelue, livrons ici un passage d'une lettre adressée par Hugo à sa fille Adèle en juin 1836 : « Arrivé à Saint-Malo, j'étais pénétré de poussière, j'ai couru à l'océan, et je me suis baigné dans les rochers qui entourent le fort du môle et qui font à marée basse mille baignoires de granit. [...] Depuis que je suis en Bretagne, je suis dans l'ordure. Pour se laver de la Bretagne, il faut bien l'océan. Cette grande cuvette n'est qu'à la mesure de cette grande saleté. »

— Je voulais tester votre niveau, Mr Scribble. Savoir si vous n'usurpiez pas votre réputation.

— Vous n'êtes pas anglaise, même si vous parlez fort bien ma langue. Comment me connaissez-vous ?

La religieuse fit quelques pas et s'assit au bord du talus. Elle l'invita à la rejoindre. La pluie avait cessé. Seul le vent balayait l'air à présent.

— Comme tout le monde, par la publicité qu'a faite le marchand de thé à votre sujet. Il vous désignait comme le plus grand détective du monde et je voulais m'en assurer, voilà tout. Quant à ma maîtrise de votre doux langage, je la dois à un séjour d'un an dans un couvent près de Nottingham.

Elle devait avoir une piètre opinion de lui. Deux jours entiers depuis la chevalière, ce n'était certes pas glorieux !

Soudain, il se souvint d'une vision. À la crêperie le premier soir... Oui ! Il y avait une nonne assise près de la crêpière ! Et le lendemain à la bibliothèque... Cette coiffe que sœur Claire portait devant lui, elle l'avait oubliée sur une des tables de lecture ! Il décida d'entrer dans le jeu de son interlocutrice.

— Vous ne croyez tout de même pas que vous êtes passée inaperçue depuis le premier jour, n'est-ce pas ? Je connaissais votre existence, mais je vous ai laissée mariner un peu.

Il exposa son raisonnement à la religieuse qui se pinça les lèvres, se maudissant de sa négligence.

— Ainsi donc, c'est vous qui avez glissé la bague dans ma crêpe au froment ; vous qui avez placé l'enveloppe dans le livre ; encore vous sur les remparts hier pour faire tomber à mes pieds cette croix.

Et votre seule motivation était de me tester ? Avec ces trois minables indices, moi qui ai triomphé des dizaines d'énigmes plus retorses les unes que les autres.

Il n'aimait pas tirer source de vantardise de ses succès passés, mais était résolu à frapper un grand coup sur le moral de la nonne. Après tout, il ne savait toujours pas ce qu'elle lui voulait.

— Oui, répondit-elle simplement.

— Ah, rigola l'écrivain, c'est bien puéril !

— C'est parce que je n'avais pas envie que l'on nous voie ensemble. Contrairement à vous, je n'ai pas très bonne presse à Saint-Malo.

La situation s'était renversée en faveur du détective. Il s'en félicita intérieurement. Son interlocutrice n'avait cependant pas l'air bien méchante.

— J'étais l'aide de l'abbé Fouré, celui qu'on surnomme encore le curé fou de Rothéneuf. Rothéneuf est une petite commune proche de la ville, en continuant sur la côte après le château. Je m'occupais de lui car il était atteint d'hémiplégie. À sa mort, il y a deux ans, il m'a légué sa vaste propriété.

Une larme coula sur les joues rose bonbon de sœur Claire. Ted fut attendri.

— On l'appelait le curé fou car, pendant vingt-cinq ans, il a gravé plus de trois cent personnages dans les rochers près de son oratoire de Notre-Dame-des-Flots.

— C'était un sculpteur ?

— Oui, je le considère pour ma part comme un grand artiste.

Ted tenta d'imaginer un rivage bordé de toutes ses sculptures à même les rochers. Ce devrait être étonnant, insolite, presque magique.

— Et que puis-je bien avoir à faire dans cette histoire ? s'enquit le dramaturge alors que les larmes de la religieuse se raréfiaient.

— L'abbé m'a fait jurer deux choses avant de mourir. Primo, que son travail ne soit jamais détruit ; deuzio, que Saint-Malo et ses environs soient préservés à jamais du souffle du Diable !... Et c'est lui qui s'engouffre depuis une semaine dans la ville, Mr Scribble !

— En somme, par respect de votre parole donnée à un mourant, vous vous proposez de me seconder dans mes investigations ?

— J'ai lu qu'en Angleterre vous faisiez souvent appel à un jeune homme pour quelques tâches ! Je peux le remplacer ici. Je connais la ville et les environs comme ma poche et même si les habitants me croient aussi folle que l'abbé Fouré, je saurai faire fi des remarques.

Ted fit la moue.

— Je ne peux accepter de faire courir des risques à une femme, qui plus est religieuse.

La nonne s'approcha de lui et lui prit les mains.

— Je dois contribuer à ramener la paix et la douceur de vivre à Saint-Malo, Mr Scribble. Je le lui ai juré sur son lit de mort.

L'obscurité les entourait à présent. La demi-lune conférait à l'endroit une atmosphère quasi surnaturelle. Sœur Claire était toute proche.

Ted murmura un vague accord et laissa la tête de sœur Claire se reposer sur son épaule. Il entreprit de calmer ses sanglots en lui caressant le dos.

Il n'avait plus froid. Un émoi légitime l'envahit soudain. Il souhaita que cet instant durât longtemps, très longtemps.

12

Ils restèrent ainsi pendant une bonne demi-heure sans échanger une seule parole. La religieuse avait cessé de pleurer, mais elle ne quittait pas pour autant les bras du détective. Ted retenait une furieuse envie de lui enlever cette coiffe et de lui caresser les cheveux ; tout du moins d'y apposer sa joue.

À Eton, on le considérait comme un romantique invétéré, celui qui ne conçoit une relation que sous l'égide de l'amour. Alors que ses collègues surveillants consacraient chaque semaine une nouvelle élève, lui cultivait sous les quolibets son jardinet de fleurs bleues.

Ce fut à son arrivée à Londres qu'il avait vite déchanté. Pour sa première expérience amoureuse, il s'était donné à une jolie Irlandaise qu'il croyait vierge et qui n'était autre qu'une prostituée.

Depuis, il s'était accordé le temps de la réflexion et réfrénait le plus possible ses vils instincts. Contrairement à Julian Brackwell, qui entretenait une bonne dizaine de filles de joie, il n'avait aucun contact avec elles depuis bientôt dix ans. Il espérait simplement que son Tom ne se laisserait pas corrompre par le sexe.

Ses aventures épisodiques, il les trouvait auprès de jeunes filles timides, de veuves éplorées. Il refusait toute facilité, même si cela le menait irrémédiablement vers de graves déconvenues.

Rien ne l'avait fait évoluer vers ce que Tom appelait grossièrement « les mœurs modernes ». Il restait fidèle à ses principes et c'était ce qui faisait sa force.

Sœur Claire se rapprochait pour ainsi dire de son idéal féminin. Son visage doux, son nez mutin, l'inspiraient. Sa tentative dérisoire de le mettre à l'épreuve à l'aide de trois ridicules indices, et maintenant sa faiblesse larmoyante lui montraient combien grande était la peine qu'elle nourrit depuis le décès de l'abbé. En un mot comme en cent, il aimait la détresse.

« Tu te comportes comme une bouée de sauvetage et les femmes n'aiment pas ça, arguait souvent Brackwell à son sujet. Plus tu te comportes mal, mieux elles te reviennent. »

Il ne lui fit jamais remarquer que ses conquêtes se comportaient de la sorte car elles ne voulaient pas se priver d'un tel pourvoyeur de sterlings.

Mais il devait se rendre à l'évidence : Sœur Claire avait prononcé son vœu de chasteté, scellant ainsi pour toujours son union avec Dieu.

Ici pourrait-on énoncer l'adage de Ted Scribble : « Désirer des femmes impossibles » ? Devait-il s'en lamenter ou plutôt s'en réjouir ? Après tout, cela le laissait à l'écart des chagrins amoureux.

Ce fut la belle qui se leva en premier. Ted eut subitement froid.

— Il ne faut pas rester ici plus longtemps ou bien nous allons attraper la mort, dit-elle en grelottant.

— Vous avez raison. Retournons sur la terre ferme. Où habitez-vous ?

— Mais nous sommes sur la terre ferme ! répondit-elle. Et nous y resterons jusqu'à ce que la marée descende !

Par le roi et ses chevaux à trois pattes ! Ted se redressa vivement et courut vers le versant est de l'île. Dans l'obscurité, il vit bien que le chemin de pierre était entièrement immergé. Il revint vers la religieuse en pestant.

— Ce sont les grandes marées, Mr Scribble. Il faudra attendre le milieu de la nuit ou le petit matin.

— Sir Arlington va s'inquiéter, lâcha le détective. Il faut le prévenir. Et puis nous n'allons pas dormir sur l'herbe, sous la menace d'un orage et de ce vent glacial ?

— Ne vous inquiétez pas, fit sœur Claire, ponctuant sa phrase de son sourire espiègle. J'ai monté une tente en contrebas, dans une sorte de niche qui nous protégera du vent. Cela fera la troisième nuit que je passe sur l'île, savez-vous ?

De nouveau, Ted s'en voulut d'avoir mis du temps pour résoudre les mystères posés par la chevalière, l'enveloppe et la croix. Après tout, ce n'était pas là sa prime mission.

Il suivit la jeune femme jusqu'à l'endroit où la tente était dressée. C'était un petit modèle aux tentures vert foncé. Le dramaturge devrait faire bon ménage avec l'exiguïté du refuge. Tant pis, car il ne pouvait décemment dormir à la belle étoile avec cet air humide et froid. Comme il s'en voulait d'avoir laissé passer l'heure de la marée basse !

— Il faudrait trouver un moyen pour me faire lever en pleine nuit, dit-il. Je veux partir par la première marée.

— Je n'ai pas de réveil. Si vous le voulez, je pourrais... à 6 heures, qui est l'heure de ma prière. Pas avant.

Ted fit la moue.

— Ne vous inquiétez pas, le rassura-t-elle, le chemin sera dégagé.

Et s'il ne dormait pas mais passait la nuit à guetter la marée ? Il exposa l'idée à la nonne.

— C'est faisable, seulement je ne vous le conseille pas.

On aurait dit qu'elle faisait tout pour le retenir pour la nuit. Mais Scribble savait bien qu'il se faisait là des idées.

— Ne perdez pas de vue le fait que la passerelle est très étroite et qu'il est très difficile de l'emprunter dans l'obscurité totale. Il suffit qu'un courant d'air vous déstabilise et Dieu seul sait où les flots vous emmèneront.

Il n'avait pas pris en compte ce facteur-là. Bien sûr, la lune se reflétait sur l'océan, mais très peu sur la terre ferme. Il était plus sage d'attendre.

— J'ai deux grosses couvertures à l'intérieur. Nous ne craindrons pas le froid.

L'Anglais capitula. Il devait maintenant se mettre en tête qu'il dormait à côté d'une jeune fille qu'il trouvait infiniment désirable, mais qui avait donné sa virginité à Dieu le Père. En ce sens, il devrait réprimer ses instincts.

L'image du corps de la nonne serrée contre lui ne l'aidait pas. Il décida de s'accorder un petit tour sur le Grand-Bé avant de revenir à la tente.

— Je vous accompagne, fit la religieuse. Dans l'obscurité, il vaut mieux être deux. Je ne voudrais pas que vous glissiez en bas des falaises.

Ted marcha à côté d'elle et se laissa guider. Il respira de grandes bouffées d'air jusqu'à ce que ses poumons le chatouillent.

Sa compagne lui racontait son année d'apprentissage à Nottingham. C'était un endroit que Ted connaissait bien pour avoir démasqué, quelques années auparavant, celui qu'on appelait « Le Robin des Bois des Temps modernes », qui volait les pauvres pour donner aux riches.

Alors qu'elle récitait en anglais la prière du couvent de la région, une tache sombre sur la mer attira l'attention du détective. Il lui semblait qu'une barque cherchait à accoster près de la cité. Il interrompit sœur Claire qui confirma sa vision.

— Elle revient de Cézembre, murmura-t-elle. Je reconnais sa forme. Hier soir, vers 21 heures à peu près, sensiblement comme aujourd'hui, je l'ai vue se diriger vers l'île. La mer était démontée, j'ai bien cru que l'embarcation allait se renverser.

Peut-être aurait-il mieux valu l'appeler, pensa Ted. Non ! si jamais l'artilleur se trouvait à bord ?... Il faisait trop sombre pour distinguer autre chose que la forme de la barque et la silhouette de son occupant... Parti hier pour tirer le coup de feu, il revenait peut-être ce soir vers la ville pour orchestrer son nouveau forfait...

Fort de ces raisonnements, Ted ne fit pas un geste pour tenter de le héler, préférant qu'il ignore sa présence.

Toutefois, il pouvait très bien s'agir d'un des rares habitants de l'île, obligé de retourner à Saint-

Malo pour une affaire urgente. Le dramaturge ne devrait pas s'emballer. Néanmoins, la coïncidence se révélait bien étrange.

Ted avait hâte de se rendre sur l'île. Alors qu'il n'en avait émis qu'un vague souhait auprès de l'adjoint au maire, cette barque relançait la nécessité d'y aller.

Ils attendirent en silence, agenouillés derrière un talus, que l'homme parvînt à mettre pied à terre. Il portait un objet volumineux sous le bras. Laissant sa barque au milieu d'autres, il longea les remparts jusqu'à la porte des Bés et grimpa l'escalier quatre à quatre. Ensuite, le détective et la nonne le perdirent de vue.

— Je ne serai pas étonné que les chiens soient de sortie ce soir, dit-il.

Il était temps de regagner la tente. Quel malheur d'être bloqués sur l'île alors qu'un drame allait très certainement se jouer intra-muros !

Ted resta au-dehors de la tente pendant que la jeune fille se changeait et jusqu'à ce qu'elle s'enfouît sous les couvertures.

Une fois à l'intérieur, il perçut un subtil parfum, mélange doux-amer de framboise et de pomme. Était-ce son eau de toilette ou sa propre fragrance ? Elle s'était débarrassée de sa coiffe et ses longs cheveux blonds reposaient sur l'épaisse couverture marron.

Par pudeur et par respect, Ted garda sa chemise et son pantalon pour se glisser à son tour sous les couvertures. Son émoi, au lieu de disparaître, ne faisait que grandir.

— Vous ne parlerez pas de moi en ville, n'est-ce pas ? Gardons notre entente secrète.

Ted ne sut que répondre. Il devrait pourtant justifier de sa nuit auprès du colonel. Il se confia à sa compagne.

— Alors, ne partagez ce secret qu'avec lui, souffla-t-elle. C'est un brave homme qui n'est pas cancanier. Lui ne bavera pas un mot sur moi, j'en suis persuadée.

Dans un imperceptible mouvement, elle se rapprocha du corps de l'écrivain. Ted sentit le tissu de sa chemise de nuit contre son coude.

Au-dessus d'eux, de fines gouttes de pluie se brisèrent sur la toile.

Pourquoi avait-il accepté la proposition de cette étrangère qu'il ne connaissait que depuis deux heures à peine ? Pourquoi lui accordait-il sa confiance si facilement ? Les gens de la ville ne semblaient pas la porter dans leurs cœurs. Elle se disait victime de rumeurs... Après tout, ne serait-elle pas aussi folle que l'abbé dont elle avait eu la charge ? Ce n'était pas l'impression première qu'elle donnait, mais il ne fallait rien laisser au hasard. Et si elle était de mèche avec l'ennemi ? Si elle avait eu pour mission de le « kidnapper » cette nuit pour le tenir à l'écart de Saint-Malo ?

Il serait toujours temps pour lui de se rétracter par la suite.

L'image de Cézembre occupait toujours l'esprit de l'écrivain. Devant l'île, le bateau blanc flottait au-dessus de l'eau, comme dans les délires de la diseuse de bonne aventure. Et, tout près, le diable à bord de sa barque ramait tant qu'il pouvait pour rejoindre la côte.

Dès le lendemain, il affréterait un bateau, que le brigadier Lunebleue le veuille ou non. L'élu le plus influent de la ville lui accordait sa confiance et c'était l'essentiel.

Quand il s'endormit, la pluie redoubla et le souffle de sœur Claire lui chatouillait agréablement le lobe de l'oreille.

*
* *

— Bon Dieu ! Vous voilà enfin !

Sir Arlington contourna son comptoir et trotta vers le détective. Dans le lointain, huit coups sonnèrent à la cathédrale.

— J'ai besoin de me laver, souffla Scribble.

— Mais où étiez-vous donc ? Farrokh vous a cherché toute la nuit !

Ted tendit le pistolet au vieil homme qui vérifia si son invité en avait fait usage.

— Bloqué sur l'île du Grand-Bé par la marée.

— Je m'en doutais bien... C'est pourquoi je n'ai pas prévenu la gendarmerie. Je vais demander à mon aide de camp qu'il vous monte une bassine d'eau chaude. Vous avez faim ?

Il hocha la tête. Dire que son estomac réclamait sa pitance était un euphémisme. Après tout, il n'avait pas mangé depuis hier midi !

— Farrokh vous apportera des sandwiches. Mais, au fait, qui vous a donné rendez-vous sur l'île ?

Le dramaturge hésita pendant un bref instant à dévoiler la vérité. Mais puisque sœur Claire lui avait dit ne voir aucun inconvénient à ce qu'il le mette dans la confidence...

En réalité, il s'était séparé de la jeune femme plus tard que prévu, n'ayant pu s'extraire du moelleux de la couverture pour retrouver le froid breton. Pressés par la marée, ils avaient ensuite tout juste eu le temps de regagner le rivage. La religieuse avait laissé sa tente sur l'île. Rendez-vous était pris pour midi dans le jardin situé devant le château de la ville. Ted se livra donc, devant le regard interrogateur de son hôte.

— Une bonne sœur, conclut sir Arlington. Comme c'est curieux !

Puis il s'emballa.

— Je ne vous ai pas dit l'essentiel ! Cette nuit, on a recouvert les statues de Jacques Cartier, Surcouf et Duguay-Trouin de goudron au nez et à la barbe des gendarmes de Lunebleue ! Le maire a failli avoir un arrêt cardiaque en découvrant le désastre ce matin !

Ainsi, Ted avait vu juste. Saint-Malo avait bien subi une attaque.

— Il était furieux contre le brigadier et voudrait vous voir ce matin. Il est à son bureau jusqu'à 11 heures. Si vous avez le temps...

— Il va de soi que je répondrai à cette invitation, répondit le dramaturge, quelque peu excédé par l'insistance du colonel. Mais, avant, il me tarde de me laver.

— Faites, faites... Allez-y...

Ted décela comme une hystérie contenue dans le regard de l'alchimiste.

— Vous semblez bien en verve ce matin, sir Arlington.

— Hier soir, le goudron, Mr Scribble ! Ce soir, les chiens !

Il lui adressa un curieux clin d'œil.

— Et cela vous enthousiasme ! Mais enfin, pourquoi ?

— J'ai eu comme une apparition cette nuit, comme un éclair dans mon sommeil.

Le vieil homme ne pouvait être plus énigmatique.

— Et si nous organisions un guet-apens pour coincer le fou aux chiens ? N'ai-je pas là une fameuse idée, Mr Scribble ?

13

Si l'idée exposée par le compagnon du roi était tout sauf saugrenue, il n'en demeurait pas moins que Scribble s'était fixé comme but prioritaire de visiter Cézembre. Après sa toilette, il avait entrepris de tempérer l'enthousiasme du colonel.

— Décidément, rien ne vous arrête, rien ne vous fait peur ! s'enflamma-t-il. Savez-vous que Cézembre était le repaire des petits flibustiers qui n'étaient pas assez riches et respectés pour résider intra-muros ? La population locale n'est pas des plus aimables, faites attention à vous ! Le brigadier Lunebleue s'est heurté à leur vindicte lors de sa précédente visite ! Mais je reconnais bien là votre courage et votre esprit de battant !

On ne pouvait plus l'arrêter. Scribble décida de quitter la boutique alors qu'une Anglaise demandait à se faire servir une livre de *Earl Grey Imperial*.

— Cette fois-ci, je serai de retour avant la nuit, dit-il simplement. Surtout, attendez-moi avant d'entreprendre quoi que ce soit.

Le marchand ne l'écoutait même plus, trop occupé à roucouler devant sa nouvelle cliente.

M. Buisson, le maire de Saint-Malo, avait les yeux bien rouges quand il accueillit le détective dans son bureau. C'était une pièce exiguë, aux murs d'aspect saumâtre. Un secrétaire avait pris place près de lui pour faire office de traducteur.

— Cela va de mal en pis, commença-t-il, l'air effondré. On a souillé nos statues la nuit dernière ! Les trois grands hommes de la ville ! Ne vous trompez pas, la guerre nous a été déclarée, nous ne pouvons plus reculer. Il faut vaincre, coûte que coûte !

Ted s'attendait à ce que le député lui resserve son discours rodé sur les forces du bien et du mal, mais il fut interrompu en pleine diatribe par un boucan de tous les diables. L'édile leva son imposante masse et se précipita à la fenêtre, qu'il ouvrit en grand.

— La prophétie est en marche ! hurla une voix de crécelle.

Ted n'éprouva pas le besoin de s'approcher. Mme Peignefin haranguait son monde sur la place de l'hôtel de ville.

— C'est encore cette vieille charogne ! fit le maire, avec une sobriété toute contenue. Va-t'en, sorcière !

Les gendarmes en faction devant la mairie encerclèrent la diseuse de bonne aventure.

— Vous pouvez bien enlever le goudron au burin, il ne partira pas ! Les statues ont repris vie dans la nuit et les trois gloires de la ville fomentent en ce moment, dans une de leurs caves secrètes, un plan pour te destituer ! Tu ne trouveras plus rien en dessous !

Elle montrait ses poings chétifs.

— Je ne veux plus entendre ces horreurs ! Gendarmes, emparez-vous d'elle !

La foule réunie sur la place accueillit cette décision sans allégresse. Certains marins venant du port s'interposèrent entre la vieille femme et les représentants de l'ordre. Devant ce spectacle pitoyable, le maire ferma la fenêtre puis les rideaux. Il revint vers son fauteuil, les traits plus tirés que jamais.

— Elle va mettre la ville à feu et à sang... La guerre civile nous guette, Mr Scribble. Il va falloir mater cette rébellion.

— Ne dressez-vous pas un portrait trop alarmiste de la situation ? se permit de remarquer l'Anglais.

L'édile le fixa droit dans les yeux.

— Je ne sais plus. Ces histoires me font perdre toute ma sensibilité politique. La semaine dernière encore, je sentais avant tout le monde ce que le peuple voulait. Et maintenant, il me semble que je réagis à l'inverse de ses souhaits ! Je ne serai pas réélu !

À cette pensée, M. Buisson éclata en sanglots.

Ted se sentit fort décontenancé. Il laissa passer quelques minutes qui lui parurent une éternité.

— Pourquoi vouliez-vous me voir ? posa-t-il enfin sa question.

Le magistrat se moucha bruyamment avant de répondre :

— Je voulais m'assurer de l'avancement de votre enquête et savoir si vous aviez besoin de quoi que ce soit.

C'était le bon moment pour demander une embarcation. L'écrivain se lança.

Le visage du député se ferma aussitôt la requête énoncée.

— Mais Lunebleue a déjà mené des investigations là-bas !

— De nouveaux éléments que je ne peux vous exposer ici me donnent à penser qu'une nouvelle visite s'impose.

— Je ne pourrai rien pour vous car l'île appartient à la ville de Dinard. Ce n'est donc pas ma juridiction.

Ted ne venait pas quémander la protection de la municipalité de Saint-Malo, juste une simple embarcation. Du reste, il n'était pas un fonctionnaire et n'avait donc pas de juridiction à respecter.

Le maire réfléchit quelques instants.

— Je vais vous prêter mon voilier personnel. Cela conviendra parfaitement pour votre expédition et son maniement est très simple. Laissez-moi la matinée pour le préparer. Il s'appelle « New-York ».

Ted le remercia. Partir à bord d'une embarcation privée enlèverait à la visite son caractère officiel. Tant mieux.

— Il me tarde à présent de partir, dit le dramaturge avant de prendre congé. J'espère revenir avec la solution de l'énigme de ce bateau fantôme en poche !

— Je doute que ce soit si simple ! murmura le député. Ne vous trompez pas. Il restera à anéantir ces maudits chiens et à faire payer les vandales.

Scribble approuva sobrement. Il se contenterait toutefois d'une seule victoire pour cette journée. À chaque jour suffit sa peine. Les molosses attendraient le guet-apens préparé par le colonel.

Quand il descendit, il aperçut Mme Peignefin dans le hall de l'hôtel de ville, pieds et poings liés, encadrée par deux gendarmes à l'uniforme sale. L'un d'eux avait un œil au beurre noir.

— Vous l'Américain ! tonna-t-elle en l'apercevant. Sortez donc vos colts et abattez ces valets ! Délivrez-moi !

Ted fila sans demander son reste. Il n'avait pas de temps à perdre avec de telles sornettes.

*
* *

Alors qu'il attendait sœur Claire devant le château, Ted se remémora sa soirée et sa nuit en sa compagnie. Il se demandait comment il allait se comporter en face d'elle désormais et se refusait à mettre cela sur le compte de sa timidité proverbiale avec les personnes du sexe opposé. Était-ce une erreur que de l'autoriser à embarquer pour Cézembre ?

Et si ses doutes prenaient corps ? Et si elle était un agent envoyé par le responsable des incidents pour le suivre pas à pas ? Il aurait dû vérifier auprès du maire cette incroyable histoire du curé fou de Rothéneuf et de ses trois cent rochers gravés.

Un élément plaidait toutefois en faveur de la nonne. Si on avait voulu séduire le détective, le faire tomber dans les bras de la blonde, on ne l'aurait pas habillée en religieuse, mais plutôt de manière équivoque. Et puis elle serait passée à l'attaque pendant la nuit, s'exhibant dévêtue, tandis que sœur Claire n'avait pas dévoilé un pouce de sa peau. Si agent double il y avait, on aurait envoyé une simple prostituée dans les bras de

Scribble, en plein jour, aux yeux de tous, sans prendre toutes ces précautions.

Ou bien on connaissait son dégoût des femmes faciles et on avait engagé une actrice capable de jouer l'ingénue à la perfection ! Auquel cas, l'ennemi serait remarquablement bien renseigné et une prudence d'autant plus grande s'imposait.

S'il n'avait pas refusé sa compagnie, c'était aussi parce qu'il avait l'impression qu'elle ne mentait pas ou, tout du moins, qu'elle manifestait une réelle tristesse de la mort de son mentor. Même le plus valeureux des histrions n'aurait pu jouer la comédie devant lui au sujet de la disparition de ses parents. Il distinguait sans mal le vrai du faux.

Il n'aimait pas repenser à son propre passé, mais il avait éprouvé chaque jour de son enfance la douleur de la disparition précoce de ses parents.

Fermiers, ils géraient tant bien que mal une petite exploitation dans les environs de Reading. Un jour, alors que Ted était confié pour la journée à une nourrice, ses parents faisaient brûler de la paille inutile. Un mauvais coup de vent enflamma la grange dans laquelle ils s'étaient offerts une sieste crapuleuse. Ils n'eurent pas même le temps de fuir.

La nourrice avait élevé Ted jusqu'à ce que l'adolescent devienne trop coûteux.

« Tu me fais dépenser toute ma pension en nourriture pour toi », crachait-elle devant ses enfants qui approuvaient toujours d'un hochement de tête ravi.

Il n'était pourtant pas bien exigeant et se contentait souvent des restes. À l'âge de 15 ans, il se retrouva errant sans but sur les routes pendant plus d'un mois, se nourrissant de la pitance que voulaient bien lui donner les paysans puis arriva dans la ville d'Eton. Sir Alec Murphy le recueillit par générosité et lui apprit le latin pendant son temps libre. Le directeur du célèbre collège, ne pouvant décemment pas proposer un poste d'enseignant à son protégé, en fit un des maître-fesseurs les plus respectés de l'établissement.

La douleur de sœur Claire ravivait la sienne. Elle devait très certainement considérer le curé comme un parent. C'était ce point commun qu'il pouvait partager avec elle. Mais il préférait se taire.

— Vous avez loué un bateau ?

Scribble sursauta. Pour la seconde fois, la religieuse le surprenait par-derrière. Il fit volte-face. Son visage lui parut encore plus mignon que la veille.

— Il faut trouver un marin, déclara-t-il en cachant son émoi.

— Non, ce n'est pas la peine, trancha-t-elle, je sais naviguer. J'emmenais quelquefois l'abbé Fouré sur l'eau ; ces sorties l'inspiraient pour ses sculptures.

— Et vous savez manœuvrer pour sortir d'un port ?

— Cela dépend du type d'embarcation, déclara la jeune fille. Où est celui que vous avez loué ?

— Au port, mais je ne l'ai pas loué, il s'agit du « New-York », le voilier personnel du maire.

Ils s'éloignèrent de la masse sombre du château en direction du port. Le vent se levait.

— C'est une chance pour nous, fit remarquer la nonne dont les coins de la coiffe se pliaient sous l'effet du souffle. Plus vite nous serons arrivés, plus vite nous serons repartis.

— Je n'ai pas l'intention de bâcler ma visite de l'île, fit Ted.

— Bien sûr. Mais il faudrait rentrer avant la nuit. Je n'ai jamais navigué après le coucher du soleil et je n'ai pas l'intention de le faire aujourd'hui, avec ce vent.

L'après-midi devrait suffire à explorer Cézembre. Le détective approuva donc.

Ils découvrirent le « New-York » amarré au port. Sa coque rutilante leur fit le meilleur effet. Une fois à bord, la religieuse confirma qu'il s'agit là d'une embarcation solide mais facile à manier. Ted s'étonna que le maire de la ville se contente de ce bateau pour débutants.

— Buisson navigue plus dans les couloirs de l'Assemblée nationale que sur la côte de notre région, siffla la religieuse. Mais ne nous plaignons pas, c'est une chance pour nous.

Ils prirent tous deux place à bord, elle aux commandes, lui attendant les éventuels ordres de sa compagne.

La religieuse mania la voilure avec dextérité et sortit du port sans encombre. Scribble n'eut peur qu'une seule fois alors qu'ils évitaient de justesse une simple barque qui voguait à la dérive avec son rameur à bord. Ted crut reconnaître le capitaine Baffrey puis se ravisa quand il vit que son passager était nu.

— Votre ami le capitaine anglais n'a pas peur de prendre froid ! constata sœur Claire, nullement gênée par cette vision.

Ted se contenta de secouer la tête de dépit.

Quelques instants plus tard, ils étaient en pleine mer.

Le vent les portait comme par magie vers Cézembre. Fort curieusement, Ted n'éprouva pas la moindre nausée en compagnie de sœur Claire alors que la mer était bien plus démontée ce midi-là.

Depuis les remparts, l'île paraissait presque moins éloignée. Ted repensa au bateau fantôme et tenta de se l'imaginer, flottant sur l'eau devant la grande plage. Sa taille devait être démesurée si on arrivait à apercevoir ses contours depuis la ville ! Il fallait se rendre à l'évidence : pour contenir un canon susceptible de tirer aussi loin et pour être visible depuis la cité corsaire, cette constatation s'imposait logiquement.

Il se rabroua aussitôt : il a raisonné comme si les fantômes existaient vraiment...

Alors qu'ils se trouvaient à mi-route, sœur Claire ouvrit un sac qu'elle transportait à l'épaule et en sortit des morceaux de gigot froid et de grosses tomates bien juteuses. Ils déjeunèrent sans échanger un seul mot, savourant le fracas des vagues contre la coque, l'odeur de l'écume et le cri des oiseaux.

Plus ils approchaient de l'île et plus les volatiles se densifiaient au-dessus d'eux.

Le reste de la traversée se déroula sans encombre. Le bateau ne fit pas de grosses embardées et quand bien même il en faisait, la nonne le maîtrisait avec un certain talent que lui envia son compagnon.

Ils accostèrent un peu avant 13 heures sur un ponton aux planches vermoulues.

Ted descendit et attrapa les cordes envoyées par

la nonne. Il suivit mot à mot ses consignes pour amarrer l'embarcation.

Une fois descendue, sœur Claire vérifia les nœuds en tirant dessus avec force.

— Si quelque chose cède, ce sera le ponton, certainement pas les cordes, observa-t-elle avec une anxiété retenue.

Quelle catastrophe si le bateau venait à repartir sans eux ! Non seulement il voguerait à la dérive et se perdrait très probablement, ce qui provoquerait l'ire du maire de Saint-Malo, mais surtout cela obligerait Scribble et sa compagne à passer encore une nuit hors de chez eux. Cette éventualité arracha un rictus à l'Anglais.

— Ne nous séparons pas, fit Ted. Nous ignorons encore si nous évoluons en terrain connu ou inconnu.

Ils gagnèrent la plage de sable fin. À chaque pas, quelque chose craquait sous leurs chaussures. Il y avait de petits os à terre. Les piaillements dans le ciel les renseignèrent.

— Ce sont des os d'oiseaux, constata sœur Claire. La plage en est recouverte. On se croirait dans une sorte de cimetière improvisé.

Le rassemblement des volatiles au-dessus de l'île était impressionnant. Fort heureusement, ils n'ignoraient rien du tempérament pacifique des oiseaux.

— Ce doit être difficile de vivre sur l'île avec tous ces bruits incessants, supposa-t-elle.

Ted garda le silence et se concentra sur le paysage. Devant eux, une digue de terre ponctuée de rochers et de touffes d'herbe marquait la fin de la plage. Ses yeux s'acclimatèrent difficilement à l'étrange lumière de l'endroit. Ils devraient obligatoirement la contourner pour explorer l'arrière de l'île.

Mais avant, le détective arpenta la plage sur tout son long. Les pas dans ce sable meuble l'épuisèrent rapidement. Il gardait toujours un œil sur Saint-Malo.

Son idée était simple : si l'on ne pouvait accepter l'idée du galion fantôme, force était de constater que les boulets étaient, eux, bien réels. Il existait donc sur cette île un canon susceptible de les projeter aussi loin. Et cette grosse pièce d'artillerie devait bien laisser des empreintes dans le sable ! Il fallait bien la traîner jusqu'ici, elle ne s'y trouvait pas à demeure !

Mais le dramaturge fut au regret de constater qu'il n'y avait ni trace de poudre, ni rien qui pût paraître suspect à ses yeux.

Et cela, tout le long de la plage.

Une main sur le front pour se protéger du soleil, il chercha à décrire la trajectoire prise par un boulet. Les remparts semblaient bien haut vus d'ici.

Il fallait prendre de la hauteur... Oui, c'était cela ! Monter sur ce qui était le rempart naturel de l'île !

— Montons ! fit Ted, haletant.

— Mais enfin que cherchez-vous donc, Mr Scribble ?

Ignorant sa question, il continua sa marche harassante dans le sable. Lorsqu'il atteignit la terre ferme, ses mollets le brûlaient.

Le vent soufflait plus fort alors qu'ils arpentaient l'arête de la digue.

Et le détective n'allait pas tarder à crier victoire !

Un amas de branches, de plantes et de touffes d'herbes se trouvaient à égale distance des deux extrémités. De loin, c'était un gros buisson. Mais de près, cela avait plutôt l'air d'un camouflage. Ted se précipita dessus et dévoila la bouche à feu d'un canon au diamètre impressionnant. Il le contourna. Son cœur battait fort dans sa poitrine. Sœur Claire s'approcha à son tour, les yeux écarquillés par la surprise.

— Il n'y a pas plus de fantômes que de mystère pour moi ! s'enthousiasma-t-il en flattant le tube de l'arme. Et dire que Lunebleue n'avait rien trouvé !

— Il n'a pu explorer que la plage, bredouilla la nonne, encore sous le coup de l'émotion de cette découverte. Les habitants lui avaient interdit de dépasser cette limite.

— Reste à savoir qui allume la mèche et qui manie cette arme avec tant de brio !

Étaient-ce les quelques autochtones de l'île, jaloux de la supériorité de la cité Malouine et cherchant ainsi à déstabiliser Saint-Malo pour redorer leur blason ? Cézembre était l'île réservée aux petits flibustiers, aux seconds couteaux, envieux de la fortune de ces « Messieurs de Saint-Malo ». Alors ? L'heure de la vengeance avait-elle enfin sonné ?

On vit les oiseaux fuir le ciel au premier coup de tonnerre. L'esprit occupé à ses seules investigations, le dramaturge ne s'était pas aperçu que le ciel s'assombrissait et que de gros nuages gris-noir se dirigeaient à toute vitesse sur Cézembre.

Un orage d'une force inouïe éclata : en quelques secondes à peine leurs vêtements furent gorgés d'eau.

— Là-bas ! cria soudainement le détective en désignant une chapelle sur leur droite.

Sœur Claire eut un regard pour le bateau en

contrebas et espéra qu'il ne souffrirait pas des intempéries.

On était en plein milieu de l'après-midi et il faisait déjà presque noir. Une boue visqueuse recouvrait le chemin.

C'est trempés par la pluie et la sueur qu'ils cognèrent à la porte de la chapelle, en espérant que le prêtre accepta de leur accorder asile. La présence de la religieuse ne laissait pas grand doute à ce sujet.

Ils tambourinèrent si fort que le bois céda. Une latte tomba sur le sol de pierre. Ils échangèrent un regard gêné.

— Seigneur Dieu, cria une voix à l'intérieur. Ma porte ! Ma porte est cassée !

Un prêtre immense, d'une cinquantaine d'années, à la longue barbe grise, s'approcha d'eux en courant, relevant sa soutane pour ne pas se prendre les pieds dedans. Ted et la nonne poussèrent le battant, ce qui envoya le curé en arrière. Il tomba à la renverse et son derrière atterrit en plein dans le bénitier.

Aussitôt, Ted se précipita pour l'aider à se relever.

— Qui êtes-vous ? Que faites-vous là ? grommela-t-il avant de s'apercevoir de la présence de sœur Claire.

Ses traits se détendirent immédiatement. La religieuse se nomma. Elle devait trouver la bonne façon de présenter son compagnon.

— M. Scribble est un homme qui a été très tourmenté par les aléas de la vie. Je l'ai conduit ici pour qu'il médite... Mais notre Bon Dieu en a décidé autrement.

Ted trouva étrange que le prêtre ne connaisse pas la religieuse. Ils officiaient pourtant dans le même évêché ! L'homme de Dieu vivait-il en autarcie sur son île ?

— Venez vous sécher, proposa le curé. Je suis Père Bonenfant. Bienvenue dans ma modeste paroisse.

Ils remontèrent la petite chapelle. Il manquait bon nombre de tuiles sur son toit et à de nombreux endroits la pluie tombait aussi drue qu'au-dehors. Le bâtiment était plutôt en mauvais état et ne devait guère être fréquentée par les fidèles de l'île. Ted aurait dû se sentir éprouvé par cette course sous l'orage, mais la découverte du canon l'avait galvanisé. Il espérait faire parler le curé à ce sujet.

— Il faudra faire avec les fuites et les courants d'air, s'excusa père Bonenfant, qui ne cherchait pas à cacher la tache équivoque à l'arrière de son vêtement. Je suis en train de rendre à ma chapelle sa jeunesse perdue, mais cela me demande beaucoup de temps.

Ted vit en effet des draps, des pots de peinture et de grandes poutres en bois dans un coin de l'édifice.

Il les mena dans la sacristie, leur fit quitter leur manteau qu'il mit à sécher près de ses chasubles.

La pièce était chaude. Les murs blancs la rendaient lumineuse. Ils durent slalomer entre les bassines à moitié pleines pour pouvoir s'installer. Dans un coin, le dramaturge remarqua qu'une curieuse machine de la taille d'un bureau, faite à base d'engrenages et de courroies, fonctionnait. On eût dit une machine infernale inventée par un quelconque savant fou. Peut-être était-ce une horloge ?

Il se sécha les cheveux à l'aide de la serviette que lui tendit le prêtre. Sœur Claire fit de même après avoir enlevé sa coiffe. Ted resta subjugué par le spectacle de ses cheveux blonds aux reflets d'argent.

— Vous avez soif ?

Malgré le déluge, les deux visiteurs répondirent positivement.

— Ce n'est pas de l'eau de pluie que je vais vous servir. Ce serait trop facile. De toute façon, je n'aime pas être dépendant du ciel pour les banalités de la vie quotidienne.

Il se posta devant la curieuse machine.

— C'est une de mes inventions. Elle filtre l'eau de mer et la transforme en eau courante.

D'un geste assuré, il prit un broc et versa l'eau dans un entonnoir au sommet de l'engin. Puis il se mit à tourner une sorte de roue avec vigueur. Les engrenages se mirent en marche et un curieux sifflement s'échappa de l'engin.

Au final, après quelques tours, une eau blanchâtre s'écoula dans le broc.

— C'est assez exceptionnel, je dois dire ! déclara père Bonenfant, satisfait.

Il versa un verre à chacun et attendit le verdict de ses invités en se grattant la barbe.

Ted crut que sa bouche n'allait pas survivre à un tel picotement. Ce n'était plus de l'eau salée, mais bien du sel aqueux. À force de passer dans les tuyaux de la machine, l'eau se chargeait en sel au lieu de s'en décharger. Il se demanda si l'homme d'Église ne se moquait pas d'eux, mais cela n'avait nullement l'air d'être le cas. Fallait-il être fou ou bien malade pour considérer cette eau comme pure.

Le prêtre devait souffrir d'agueusie ! Le dramaturge n'entrevoyait que cette explication. Il s'efforça tout de même d'ingurgiter le liquide en prenant sur lui.

Sœur Claire maîtrisa les muscles de ses joues pour ne pas recracher l'eau et elle l'avala en projetant sa tête en arrière. Ce n'est qu'ensuite qu'elle hurla.

— C'est étonnant, n'est-ce pas ?

Il s'en servit un grand verre et le but d'un trait.

Ted haletait presque. Il aurait renoncé à son œuvre pour un verre d'eau. Un regard à sœur Claire lui apprit que celle-ci n'en espérait pas plus.

— J'ai cru entendre frapper, parvint à articuler Scribble, en français.

Père Bonenfant tendit l'oreille.

— Ce doit être l'orage...

— J'en suis sûr...

Le prêtre sortit de la sacristie pour aller vérifier. Aussitôt, l'Anglais et la religieuse plongèrent leurs têtes dans une bassine et burent goulûment l'eau de pluie ainsi récoltée. Cela leur fit un bien fou.

Quand le curé revint, ils avaient retrouvé leurs couleurs habituelles, mais leurs cheveux étaient aussi humides que lors de leur arrivée. Leur hôte ne s'en émut même pas.

— Vous entendez des bruits, monsieur Frikkle.

Voilà qu'on le prenait pour un Allemand à présent !

— Quelle est donc cette souffrance dont m'a parlé sœur Claire, monsieur Frikkle ? Racontez-moi, je suis à même de vous aider.

Ted voulut lui répondre que la souffrance était venue après le verre offert, mais il se retint. Il ne voulait pas le brusquer.

— J'ai perdu un être cher, mentit-il. Et j'ai du mal à m'en remettre...

— Dites-vous qu'il s'agissait de son destin, monsieur Frikkle. Personne ne meurt la veille de sa mort.

Cet aphorisme plut au dramaturge. Il devrait penser à le replacer dans une de ses prochaines œuvres.

— Vous êtes fataliste.

— Nous sommes croyants, rétorqua l'homme d'Église, en englobant la nonne dans cette remarque.

— Je pensais que Cézembre serait ce havre de paix où je reprendrais vie...

— Sœur Claire a fait un choix judicieux, monsieur Frikkle. Je suis le seul habitant de l'île pour le moment. À la haute saison, les quelques autochtones préfèrent se réfugier en ville pour gagner de l'argent. Ils reviennent en septembre avec quelques moutons et passent l'hiver au calme en mon humble compagnie.

La religieuse se contenta d'approuver les dires de chacun.

— Ainsi, nous sommes venus déranger votre tranquillité, continua le détective, feignant un air gêné. Personne ne vient jamais vous rendre visite ?

— Personne. Les touristes ne s'aventurent pas ici car il n'y a rien à faire. C'est pourquoi j'étais étonné de vous voir tout à l'heure. Ici, je prêche plus pour les moutons que pour mes congénères.

Si le curé était le seul habitant de l'île, il devenait ridicule de penser qu'il était l'instigateur des incidents de Saint-Malo. Devait-il les évoquer devant lui ? Ted n'hésita pas longtemps et lui fit un bref résumé.

— Je ne savais pas tout cela, déclara-t-il après un temps de réflexion.

Quelque chose n'était pas clair dans le regard du père Bonenfant.

— Et puis cela ne me regarde pas. Chacun a ses problèmes. Nous avons nous aussi une bête féroce sur Cézembre. Ce n'est pas la nuit qu'il nous importune mais le jour... jusqu'au crépuscule. J'entends ses bruits quand le vent les porte vers moi.

Des bruits ! Et si le curé parlait à mots couverts des détonations ? Dans son esprit solitaire, il pouvait très bien les interpréter comme les cris d'une bête sortie tout droit de l'Apocalypse.

— Vous me parlez de bruits... Comme des bruits de guerre ? D'armes à feu ? De canon ?

Père Bonenfant lui jeta un regard noir.

— Non ! Bien sûr que non, c'étaient plutôt des hurlements stridents, comme si la bête avait des cordes vocales suintantes et qu'elle les laissait vibrer pendant des heures et des heures... Je ne vous conseille pas de vous promener près du moulin à vent. Restez à l'écart...

Ted se renfrogna. La religieuse s'aperçut qu'il ne reprendrait pas l'initiative de la parole. Pour éviter un silence pesant, elle se mit à discuter avec le prêtre de choses et d'autres, de sa paroisse et de sa chapelle. Celui-ci ne déployait plus le même entrain : quelque chose le rendait soucieux.

Aussi vite qu'il était parti, le soleil revint baigner l'île de sa douceur et de sa lumière. Les murs de la pièce devinrent d'une blancheur éclatante, presque gênante pour les yeux. Le prêtre continua à discuter tout en vidant les bassines par la fenêtre.

Ted restait muet. Il ne faisait pas la tête, mais réfléchissait à bon nombre de choses. Il était persuadé que le curé avait inventé cette absurde histoire de monstre pour les pousser à quitter Cézembre au plus vite.

Ted se décida à partir quand il s'aperçut que père Bonenfant tapait légèrement le sol avec son pied, montrant visiblement qu'il avait maintenant hâte que ses visiteurs lèvent le camp. Il fit signe à sa compagne, tous deux se levèrent et le prêtre les raccompagna prestement à la porte de la chapelle.

— Ravi d'avoir fait votre connaissance, lâcha-t-il sans grande conviction. Je vous souhaite un bon retour.

Ted lui serra la main. Depuis la mention du canon et de sa détonation, l'homme de foi avait changé d'attitude. Le détective mit sa main à couper qu'il était pressé qu'ils partent pour pouvoir aller vérifier l'état du camouflage de la grosse pièce d'artillerie.

Ils s'échangèrent les politesses d'usage avant de se quitter. Ted le vit s'éloigner par la nef en traînant des pieds.

— Curieux personnage, commenta la religieuse.

— Ne rentrons pas tout de suite au bateau, lui dit Ted. J'ai envie de me rendre au moulin pour voir à quoi ressemble vraiment le monstre dont il nous a parlé.

— Vous semblez douter de sa parole... C'est un homme saint, il ne ment pas.

Ils prirent finalement la direction opposée à la plage. Le ciel clair leur fit entrevoir les ailes du moulin au détour d'un talus. Il se trouvait non loin d'une autre petite chapelle.

Il s'approcha plus près. Les bruits étranges parvinrent alors à leurs oreilles. Une lamentation.

Oui, si l'écrivain avait eu à les caractériser dans une didascalie, il aurait employé ce mot, même s'il était en deçà de la réalité.

Ils stoppèrent net leur avancée. Un curieux malaise flotta en eux. Qui pouvait bien être à l'origine de ce son ?

Il s'arrêta un moment pour reprendre, encore plus plaintif.

— Père Bonenfant nous a pourtant bien dit que l'île était déserte, fit Ted.

Il crut entendre la nonne jurer.

Sœur Claire ne fit pas un pas de plus. Il se rapprocha seul du moulin pendant une accalmie. Il tremblait au moment de poser sa main sur la poignée et se trouva bête. Le cri reprit pour se terminer dans d'affreux trémolos.

Une suée glacée oppressa le détective. Il jeta un dernier regard vers sa compagne qui restait immobile sur le chemin. Il ouvrit alors que le son reprenait.

La caisse de résonance offerte par le bâtiment décupla l'effet ravageur de la mélopée hideuse. Ted tourna aussitôt les talons et courut vers sœur Claire.

— Il n'y a rien à trouver ici ! À chacun ses problèmes, je suis d'accord avec le curé. Regagnons le bateau.

Troublés, ils restèrent muets sur le trajet du retour.

Leur embarcation n'avait apparemment pas souffert. La religieuse déploya les voiles pendant que l'écrivain défit les nœuds et rangea les cordes. Il sauta *in extremis* dans le voilier.

— L'orage ne reviendra pas, fit-elle.

Ted acquiesça. C'est à cet instant qu'il s'aperçut que la religieuse avait oublié sa coiffe chez le prêtre. Il ne le lui fit néanmoins pas remarquer, profitant ainsi du merveilleux spectacle offert par une grâce peut-être divine. Cette frimousse livrée au grand jour le ravissait. Ce regard sans équivoque ne gêna pas sa compagne, qui reprit :

— Le curé savait quelque chose. Il nous a menti ou peut-être ce serait par omission. Il est impossible qu'il n'entendait pas le coup de canon alors que nous l'entendions depuis Saint-Malo quand le vent portait bien.

Le bateau s'élançait en direction de la cité fortifiée.

— Vous ne le connaissiez pas ? demanda Scribble.

— Non. Je ne connais pas les curés de la région. L'abbé Fouré était quelqu'un de taciturne. Il ne voulait voir que moi et nous ne sortions jamais.

— Mais voilà quelque temps que votre mentor vous a quittée... Et depuis ?

— Je reste fidèle à ses principes. Et puis je m'ennuie avec les gens d'Église. Je préfère prier seule.

Fatigué, le dramaturge s'assit à même le sol. Il pouvait bien s'octroyer une petite pause en cet instant. S'il participait ce soir au guet-apens organisé par le colonel, il n'était pas près d'aller se coucher.

— Avoir découvert le canon, c'est une chose, fit alors sœur Claire qui n'avait pas remarqué que les paupières du détective se fermaient. Mais cela ne résout en rien la présence du bateau qui flotte *au-dessus* de l'eau.

Ted ne partageait pas son opinion. Pour lui, la visite s'était révélée particulièrement fructueuse. Même s'il s'était trouvé déstabilisé quelques instants par ces effroyables cris, il reprenait de nouveau confiance en lui.

Il n'en souffla mot. Une hypothèse, encore floue, se dessinait dans son esprit. Les éléments prenaient place et s'il en manquait encore quelques-uns pour compléter le puzzle, c'était maintenant à lui d'aller les chercher. Il ne devait plus compter sur le hasard des rencontres, des découvertes, mais bien les provoquer.

Naviguant sagement sur la mer endormie,
Sur son noble visage, on voit bien qu'il sourit.

14

L'esprit parti au large, dans les bras de Morphée,
Impuissant, sans rien voir, du bateau renversé.

— AU SECOURS !

Le cri réveilla instantanément Scribble qui bondit sur le pont.

— Que se passe-t-il ? On nous a tiré dessus ?

Ted ne semblait pas si bien dire. Si aucun boulet de canon n'était venu de Cézembre pour les saborder, il n'en demeurait pas moins que le bateau prenait l'eau de toutes parts. Le mât s'était effondré et, en tombant, avait ouvert une voie d'eau à tribord. Ils barbotaient à présent tous deux sur le pont. Un rapide coup d'œil du détective vers la côte lui apprit qu'ils n'étaient pas si loin de Saint-Malo, mais qu'ils dérivaient irrésistiblement vers l'est.

— Vous avez heurté un rocher ? cria-t-il.

Il ne savait pas pourquoi il avait hurlé cette question. La mer était calme. Peut-être était-ce parce que la religieuse courait sur le voilier à droite à gauche, ne sachant pas vraiment quelle attitude adopter.

— Non ! geignit-elle. Je vous assure ! J'ai tiré un

coup sec sur le filin de la grande voile et, quelques secondes après, le mât s'est effondré...

Il ne s'agissait pas de tergiverser. Leur premier objectif était à présent de rejoindre la côte sains et saufs.

— J'ai failli le prendre sur la tête ! Heureusement pour vous, je me suis écartée à temps sinon nous serions tous deux morts noyés dans notre sommeil.

N'y avait-il rien de plus rassurant à dire dans de pareilles circonstances ?

— Regardez le bastingage. Nous prenons l'eau à présent. Il faut trouver une solution pour tenir jusqu'au port !

Le bateau ralentissait petit à petit. Il avançait si lentement qu'on devait le croire immobile depuis la côte. Cela renforça malgré eux leur sentiment de panique. Ils dérivaient à présent sans aucun moyen de contrebalancer la direction imposée par le courant.

Nous sommes prisonniers, se dit Ted qui voyait là sa dernière heure arrivée. *Prisonniers d'un bateau fou.*

Il tenta vainement de colmater avec son corps la fuite dans le bastingage, mais manqua glisser pardessus bord. Il se ravisa aussitôt et rejoignit la nonne à bâbord.

— Vous ne priez pas ? demanda-t-il, un peu bêtement.

— Je le ferai quand la situation sera vraiment désespérée. En attendant, faites comme moi. Poussez de toutes vos forces contre cette paroi pour que le voilier se stabilise...

L'eau leur arrivait aux chevilles. Cette désagréable sensation s'ajouta au reste. La manœuvre se révéla inutile. Il n'y avait rien à faire.

— Et si nous remontions le mât ? proposa l'écrivain, à bout de souffle. J'essaierai de le tenir et...

— Vous n'y pensez pas ! C'est bien trop lourd. Même à deux nous ne parviendrons pas à le soulever.

Si sœur Claire savait naviguer, elle ne connaissait absolument rien aux procédures d'urgence à bord d'une telle embarcation.

— Vous savez nager ? demanda-t-elle à Ted.

L'Anglais hocha la tête, mais cela ne lui disait rien de se retrouver naufragé à la dérive dans cette mer froide qui commençait à s'agiter.

— Il nous reste cette solution, fit-elle, le visage grave. Nous ne sommes pas si loin du Fort national. Si vous êtes bon nageur, nous pourrons très certainement l'atteindre.

Il regarda au loin la haute bâtisse de pierre. Ils en auraient bien pour une vingtaine de minutes. En serait-il capable ?

L'eau montait encore et toujours.

— Vous vous en sentez la force ? demanda-t-il.

— Pour moi la question ne se pose pas, trancha-t-elle. Je ne sais pas nager.

C'était le bouquet ! Il aurait à affronter seul les vagues pour remonter vers le Fort et devrait en plus traîner sœur Claire. Il désespéra. Quelle folie de partir en mer sans savoir nager !

Les eaux s'agitaient de plus en plus. De grosses bourrasques les éclaboussaient à chaque tangage. Pour ce qui était de se mettre à l'eau, ils étaient servis...

Le voilier prit de la vitesse en glissant sur les vagues. Ils dérivaient toujours vers l'est.

— Si l'on continue ainsi, nous allons couler au large de Rothéneuf, près des rochers de l'abbé Fouré. J'aurai au moins cette satisfaction devant la mort...

Il lui jeta un regard plein de reproches.

— Sans cette voie d'eau, tout serait plus simple, ajouta-t-elle, on pourrait attendre les secours. Mais là...

— Vous pouvez commencer vos prières, souffla le dramaturge.

Elle n'eut pas le temps de finir un *Ave Maria* que, devant eux, une petite embarcation allait couper la route infernale de leur voilier. Son occupant ne s'en était pas même aperçu. Ted et sa compagne espérèrent qu'il n'allait pas rentrer en collision avec eux.

— C'est Théophile ! cria sœur Claire qui s'était postée sur la proue. Théophile !

Elle remua les bras tant qu'elle pouvait et hurlait le prénom du malheureux. Scribble la rejoignit et fit de même.

Au bout d'une longue minute, le jeune homme releva enfin la tête et vit le voilier.

— Vous le connaissez bien ? s'enquit le dramaturge. Il va nous venir en aide ?

— Oui. C'est un garçon d'une vingtaine d'années qui passe ses vacances dans le coin. C'est un bon navigateur et un excellent poète... Plus tard, il sera soit l'un, soit l'autre.

Ted aurait bien aimé voir cela ! Écrire de la grande littérature à peine sorti de l'adolescence. En voilà une prétention ! Il ne savait pas ce qui l'énervait le plus en l'instant : leur naufrage ou bien le fait que la nonne semblait apprécier les poèmes du bellâtre.

Il voulut s'en ouvrir auprès d'elle, mais celle-ci ne l'écouta pas.

— Regardez ! Il manœuvre pour venir vers nous, nous sommes sauvés !

Théophile, une corde entre les dents, maniait avec dextérité un autre filin pour dévier la route de son embarcation. Un moment après, il longeait le « New-York ». Sur le pont, ses deux passagers barbotaient jusqu'aux genoux. La coque s'enfonçait peu à peu en dessous du niveau de l'eau.

— Claire ? s'étonna le jeune garçon. Qu'est-ce que tu fais ici et dans cette...

— Tu ne crois pas qu'il y a plus urgent ?

— Oui, ma sœur, ricana le petit homme.

Il prit la main de la religieuse et la hissa à bord de son petit voilier. Le détective n'attendit pas l'aide du poète et sauta à bord, manquant de peu se fracasser les genoux.

Au sec, ils assistèrent, impuissants, à l'immersion totale du voilier de monsieur le maire. Cela n'allait pas être une partie de plaisir que de lui annoncer cette perte. Il semblait tenir à son voilier comme à la prunelle de ses yeux.

Sœur Claire fit les présentations.

— Je connais M. Scribble, fit le jeune homme en lui serrant la main. Vous écrivez des papiers racoleurs dans les journaux à scandale de Londres. Quant à moi, je suis poète.

La suffisance de ce garçon laissa Ted bouche bée.

— C'était à vous ce joli bateau ? demanda-t-il avec une pointe d'ironie.

De grosses bulles d'air se formaient à la surface de l'eau, là où le voilier avait sombré. Ted ne répondit rien. Sa compagne fronça les sourcils.

— Eh bien, Mr Scribble... Vous êtes devenu... ?

Ted ne répliqua pas plus à cette constatation et s'éloigna vers la poupe du voilier.

— Ce devait être à lui, chuchota Théophile.

Puis il s'éclaircit la voix :

Il chevauche la mer, à bord de son navire
Coulé sous les grands vents, quel atroce avenir !

Ted sentit son ventre se contracter. Il ne sut si cela était dû au tangage ou aux vers. Ce qui le peina le plus, c'était la joie que semblait éprouver la religieuse à l'énoncé de ces alexandrins pour le moins triviaux. Ils s'isolèrent tous deux à l'avant de l'appareil et discutèrent pendant un bon quart d'heure. Sœur Claire rejoignit le détective alors que le bateau s'approchait de la côte.

— Mon ami va nous déposer devant la propriété de l'abbé Fouré. Vous pourrez ainsi vous faire votre propre idée sur les rochers sculptés. Nous prendrons les vélos pour revenir à Saint-Malo.

Il approuva sans conviction. Il commençait à se dire que ses sentiments pour la belle jeune femme n'étaient peut-être pas aussi forts qu'il l'avait imaginé au tout début. Et puis, où cela pouvait-il bien le mener de tomber amoureux d'une religieuse ? Il y a quelques centaines d'années, on aurait dressé un bûcher pour un tel penchant !

Quand ils mirent pied à terre, Scribble se contenta de serrer la main du poète, mettant un point d'honneur à ne jamais lui adresser la parole.

Il se montrait fort cavalier de ne pas le remercier pour son sauvetage, mais il savait que la nonne s'en chargerait pour lui. Les deux Français s'embrassèrent même sur la joue, dans cette coutume imbécile du pays, qu'il trouvait affreusement déplacée. Une accolade aurait suffi. Mais tous les peuples ne pouvaient avoir la distinction des Anglais.

L'endroit où ils débarquèrent s'avéra fort étrange. Il se trouvait en plein milieu des sculptures du curé fou de Rothéneuf. Il était impossible de les compter de tête. Ted fut immédiatement subjugué par le décor.

— J'espère que vous allez retrouver la parole, Ted.

Il nota que sœur Claire avait employé son prénom. Il la laissa continuer.

— J'ai oublié ma coiffe sur l'île... C'est une péripétie de plus dans cette incroyable journée !

Scribble se faufila entre les roches, empruntant des sentiers sauvages, tracés à coups de botte dans les herbes et les arbustes touffus. Il découvrit des gueules de monstres toutes plus atroces les unes que les autres, de gros lézards couchés sur le sol dans une posture provocante. Un peu plus haut, il vit un couple en pleine scène de ménage, le mari corrigeant sa femme avec une joie toute particulière sculptée sur son visage. Une représentation bien étonnante venant d'un prêtre...

— L'abbé s'inspirait des histoires et légendes des familles de corsaires de Rothéneuf. Mais il aimait aussi laisser son imagination en roue libre. Alors il représentait ses propres fantasmes. Ce sont mes sculptures préférées.

Scribble aurait aimé s'attarder dans ce jardin

extraordinaire, mais il devait regagner Saint-Malo pour préparer l'offensive imaginée par le colonel. Malgré la fatigue physique et nerveuse de cette journée (la première de sa vie où il manque périr dans un naufrage !), il ne perdait pas de vue qu'il pouvait mettre un point final à ces énigmes dès le lendemain si tout se passait sans encombre ce soir-là.

— Certains diront que ces représentations sont trop naïves, mais moi je les considère comme se rapprochant de l'art roman.

La religieuse continuait son monologue au sujet des œuvres de son mentor.

Ils suivèrent le sentier menant vers l'oratoire de Notre-Dame-des-Flots, surplombant la falaise. Ted s'attendait à découvrir une grande bâtisse et en fut pour ses frais.

— C'est une ancienne cabane de garde-côte, précisa sœur Claire.

— Vous vivez ici ?

— Non. J'y viens pour me ressourcer. Regardez cette vue imprenable, cet horizon splendide...

Il y avait fort à parier que dans quelques années, ce lieu à l'atmosphère singulière et magique deviendrait un des fleurons du tourisme français, au même titre que la tour Eiffel ou le Mont-Saint-Michel.

— Je vais vous passer le vélo de mon père.

— De votre père ? s'étonna Ted.

— Du père Fouré, corrigea-t-elle immédiatement.

Elle revint quelques instants plus tard avec une nouvelle coiffe et deux vieilles bécanes rouillées dont les pneus avant étaient usés jusqu'à la corde.

— Ce n'est pas très sérieux, fit le dramaturge en désignant les bicyclettes.

— Ne vous en faites pas. Nous les avons achetés dans cet état et elles n'ont pas bougé d'un pouce depuis. Elles appartenaient toutes deux au champion de la région, Jean-Marie Tardif. Ah, ce que ses joutes avec le Bruno ont pu nous ravir !

Ted n'avait que faire de ces balivernes sportives. Il enfourcha le vélo et s'élança sur le sentier.

— Attendez-moi ! supplia-t-elle. Je ne sais pas bien pédaler !

Scribble freina si fort qu'il passa cul par-dessus tête. Il se retrouva étendu dans l'herbe et se sentit tout d'un coup las, très las...

*
* *

On ne pouvait pas dire que le colonel Arlington avait accueilli sœur Claire en montrant un enthousiasme débordant. Il avait à ce sujet demandé à Farrokh de garder la jeune femme à l'œil.

Le marchand écouta le récit relaté par le détective dans son bureau. La religieuse était restée en bas et se délectait des multiples parfums qui se dégageaient des boîtes à thé.

La nuit était tombée sur Saint-Malo. Et la boutique venait d'être fermée. Un chiffre astronomique figurait en bas du livre de comptes. Ted eut du mal à se convaincre qu'il s'agissait de la seule recette de la journée.

— Ainsi donc, le curé de Cézembre ne vous a pas fait bon effet...

— Je ne saurais vous dire précisément pourquoi, mais c'est un fait.

Le vieil homme déboutonna, puis reboutonna son gilet mauve.

— Êtes-vous vraiment sûr de cette religieuse, Mr Scribble ?

— Pourquoi ? Avez-vous obtenu des renseignements à son égard ?

— Rien de tout cela, répondit-il, un brin agacé. Je ne me permettrais pas d'enquêter sur vos fréquentations, du reste. Mais c'est pour ce soir. Si elle participe avec nous au guet-apens que nous voulons tendre au propriétaire des « chiens du guet », il faut être sûr qu'elle ne fera rien pour prévenir l'homme traqué.

Scribble le rassura sur ce point.

— Avez-vous prévenu la gendarmerie ? demanda-t-il.

— Il n'en est pas question, dit calmement l'alchimiste. Lunebleue nous assignerait purement et simplement en résidence pour cette nuit. Il faut agir entre nous. C'est pourquoi la présence de cette nonne peut s'avérer utile.

Il se leva de son siège et se planta devant la fenêtre. La lueur de la lune donna une teinte cadavérique à son visage.

— J'ai commandé de gros morceaux de viande au boucher ce matin. Saignante comme il le faut. À la cave, il y a quatre filets et deux grosses matraques. Le but est d'attirer les chiens. Il faut disposer le bœuf dans un coin puis attendre sans faire le moindre bruit et en se tenant assez loin de telle sorte que nos propres odeurs ne déstabilisent pas les molosses. Quand ils seront en train de dévorer la viande, nous jetterons les filets et nous les assommerons franchement. Le propriétaire devrait être dans les parages. Nous le courserons.

Il se tourna vers le dramaturge, les yeux lumineux.

— Nous nous scinderons en deux groupes. Vous irez avec Farrokh et votre amie m'accompagnera. Si l'un de nous parvient à neutraliser les bêtes et à courser le scélérat, il sifflera. Le deuxième groupe se séparera : l'un suivra le coup de sifflet tandis que l'autre se rendra à la gendarmerie le plus vite possible. Lunebleue bloquera les sorties de la cité et enfermera les chiens.

Ted dut convenir que le plan n'était pas idiot.

— Et pourquoi ne pas droguer la viande, sir Arlington ? demanda-t-il, par simple acquit de conscience.

— Les dogues décèleraient tout de suite l'odeur du narcotique ou du poison et fuiraient la carcasse. S'ils sont affamés comme on le pense, ils prendront un tel plaisir à déchirer la chair qu'ils ne nous entendront pas arriver par-derrière. Reste pour nous à les... (Il mima le geste.)

L'écrivain approuva. Il lui restait à convaincre la nonne de participer à cette expédition.

La seconde de la journée, pensa Ted, *et qui peut s'avérer bien plus dangereuse que la visite de Cézembre.*

Il redescendit aussitôt.

Sœur Claire était assise près de Farrokh. L'Indien lui montrait sa collection de turbans en lançant des onomatopées qui la faisaient rire. Ted fut consterné par cette scène. Il rejoignit néanmoins la nonne. L'aide de camp se poussa immédiatement.

— Il voulait me montrer les coiffes de son pays ! fit-elle avec le sourire en désignant la sienne.

Ted balaya ce discours d'un revers de main et lui exposa le plan. Elle accepta aussitôt d'être de la partie.

— L'abbé Fouré serait fière de moi, fit-elle.

Il lui conseilla d'abandonner ses habits de religieuse pour l'expédition. Elle s'exécuta sans se faire prier.

Un quart d'heure plus tard, les quatre descendirent à la cave pour chercher leur filet, leur matraque et leur sifflet. Farrokh rangea la matraque à sa ceinture — il tenait déjà son tromblon et le morceau de viande à la main. Le colonel sonna le rassemblement au rez-de-chaussée de la boutique. Manteau et chaussures sombres pour tout le monde sauf pour l'Indien, toujours torse nu. L'ancien militaire fit une brève inspection. Ses yeux pétillaient. Il dicta ses dernières consignes, puis en traduisit certaines à l'intention de son aide de camp. Celui-ci se courba après chaque recommandation pour exprimer qu'il avait compris.

Sir Arlington, qui portait la grosse pièce de bœuf, souhaita bonne chance à ses lieutenants et ouvrit la porte.

Avant de s'élancer par deux, ils tendirent l'oreille, cherchant à capter les moindres bruits. Pas un seul aboiement aux alentours !

Tous partageaient alors la même certitude : cette nuit serait la dernière à subir la terreur semée par les chiens du guet sur les remparts de la cité corsaire.

15

Le colonel en retraite et la nonne attendaient tous deux près de la porte Saint-Pierre. Ils avaient trouvé une cachette parfaite qui leur conférait une vue imprenable sur la place de Hollande.

Un peu plus tôt, sir Arlington avait déposé le morceau de viande sous un banc. Sœur Claire voulut dire quelques mots à son compagnon, mais ce dernier, inflexible, demanda le silence.

— C'est à cause d'une pipelette comme vous que cinquante de mes hommes ont péri dans l'attaque d'un cimetière des éléphants, chuchota le militaire. Dois-je ajouter que ce soldat indigne a fini son existence dans un cachot sombre et humide de la Tour de Londres ?

Cette perspective fort déplaisante fit taire la nonne pour de bon.

Ils n'avaient plus qu'à attendre que le fou et ses chiens sortent. La religieuse se demanda subrepticement si ce plan était aussi ingénieux qu'ils le pensaient. En somme, ils étaient dépendants du bon vouloir de l'assassin. Il aurait été plus audacieux de tendre un piège en désignant un appât qui aurait provoqué la sortie de l'ennemi. S'il restait terré cette nuit, ils auraient bonne mine. Sœur Claire imaginait déjà la scène du colonel ramassant son quartier de viande en bougonnant, après avoir passé une nuit blanche dans le froid et dans l'humidité pour rien. Elle n'osa pourtant faire aucune réflexion, craignant une réaction imprévisible du vieil homme qui tripotait depuis un moment sa canne avec délice.

Où pouvaient bien être le détective et l'Indien ? Peut-être bien à la place des Champs-Vauverts ? Ou à tout autre endroit sur les remparts...

Toujours aucun bruit suspect. Pas d'aboiements. Rien.

La respiration du vieil homme se fit plus saccadée alors que 23 heures sonnaient à la cathédrale Saint-Vincent. Ses mains étaient crispées sur le filet, des gouttelettes de sueur parsemaient son front. Elle pria pour que le vieil homme ne fasse pas une crise d'apoplexie si les chiens venaient à se montrer.

— Le vent porte l'odeur vers le chemin des remparts, psalmodia l'alchimiste, ils ne vont pas tarder à arriver... N'oubliez pas : Une fois les chiens assommés, il faudra courser le propriétaire. Je ne peux me contenter d'une demi-victoire. Laissez-moi massacrer les bestiaux avec ma canne ; tandis que vous, courez après lui.

Il allait de soi que le cerveau de l'opération ne pourrait prendre part à cette poursuite. Sœur Claire éprouva soudainement un sentiment diffus de peur. Et si l'ennemi était armé ? Et s'il mesurait deux mètres et pesait cent vingt kilos ? Elle sifflerait dans ce cas tant qu'elle pouvait pour que Ted ou l'Indien vînt lui prêter main-forte.

Elle se plongea de nouveau dans la contemplation de la place de Hollande. Personne ne se promenait plus à Saint-Malo la nuit, à part les quelques gendarmes dépêchés par le brigadier Lunebleue. Cette situation risquait de rendre leur plan caduc. Pourquoi l'homme sortirait-il ses chiens s'il n'y avait pas de proie ?

Alors qu'elle réfléchissait, des bruits lui parvinrent : pas des aboiements, mais des reniflements. De l'autre côté de la place, il y avait bien un chien tenu en laisse par un homme. Par ses grognements contenus, il cherchait à avertir son maître de lui défaire la bride pour qu'il se repaisse enfin.

L'homme n'hésita pas une seule seconde. Il le lâcha et se cacha immédiatement au coin de la rue d'Estrées.

Un seul molosse ! pensa sœur Claire avec anxiété. *Qu'est-ce que cela peut bien vouloir signifier ? Que l'autre est déjà sur les remparts ? Et si Scribble et l'Indien en avaient déjà capturé un ? S'étaient-ils fait attaquer ? Farrokh aurait très bien pu l'avoir égorgé aussi...*

Comme pour donner corps à ce scénario, un coup de feu résonna dans le lointain. C'étaient eux qui allaient être pris au piège ! L'ennemi s'était lui aussi scindé en deux groupes.

Mais il n'était plus l'heure de penser. Plutôt celle d'agir.

Le chien trottina jusqu'à la viande, la bave aux lèvres, puis se jeta dessus comme un mort de faim.

— Je m'occupe de lui, chuchota le militaire. Dès qu'il est assommé, sortez d'ici et coursez le bonhomme !

En un éclair, sir Arlington se dressa sur ses jambes et claudiqua en silence vers l'animal. La religieuse fixa l'endroit où s'était caché leur ennemi. Rien ne bougea.

Tout se passa alors en quelques secondes. Arrivé assez près de sa victime, le colonel jeta le filet sur le chien qui ne s'en aperçut même pas, trop occupé à avaler les délicieux morceaux de chair saignante. Il brandit alors sa canne et abattit la branche de théier en plein sur le crâne du dogue. Celui-ci s'écroula aussitôt dans un bruit sourd.

— À vous ! hurla-t-il.

Brandissant sa matraque et s'efforçant de ne pas trembler, sœur Claire bondit hors de sa cachette et courut tout le long de la place. Elle ralentit nettement ses pas à l'intersection de la rue d'Estrées. Leur adversaire se trouvait là.

Mais quand elle s'en approcha, il n'y avait plus personne. L'homme avait fui, préférant abandonner son chien que d'avoir affaire à elle. À cet instant, elle entendit un coup de sifflet strident. Sir Arlington ordonna le rassemblement.

Toute la pression retombait à présent. Il fallait simplement veiller à ce que le chien ne revienne pas à lui. La nonne grelotta, mal à l'aise dans des vêtements qui ne lui appartenaient pas.

Elle retourna près de son compagnon d'infortune qui se grattait le front, pensif. Des bruits de course leur signalèrent qu'un de leur complice arrivait. À la légèreté du pas, ils optèrent pour Scribble.

— Farrokh est parti à la gendarmerie ! haleta le dramaturge.

Il vit le corps du chien endormi.

— C'est un échec, bougonna le marchand qui avait sa mine des mauvais jours. Nous n'avons pas capturé ce saligaud, ni son second monstre. Il peut encore frapper à tout moment. Notre opération de neutralisation a échoué.

— Ce n'est qu'un demi-échec, déclara Ted, énigmatique. Attendons qu'il reprenne conscience.

Aussitôt Farrokh, accompagné par une dizaine de gendarmes et le brigadier Lunebleue — toujours aussi mal fagoté — déboulèrent sur la place par la rue Saint-Sauveur.

— Une honte ! hurla le petit homme. Prendre de telles initiatives sans me prévenir !

Le serviteur indien se désolidarisa du groupe pour venir près du chien. Il demanda au gendarme le plus robuste de l'accompagner. Avec leurs mains, ils immobilisèrent les pattes de l'animal sur le sol.

— C'est la technique que les Indiens utilisent pour calmer les éléphants déments pendant les périodes de reproduction, chuchota le militaire à l'oreille de Ted.

— C'est un outrage à la gendarmerie, ce qui s'est passé ce soir !

Lunebleue ne décolérait pas.

— Je suppose que c'est une de vos idées, Mr Scribble ?

Les manœuvres autour de lui avaient réveillé l'animal qui ouvrit un œil, puis l'autre. Groggy, il voulut remuer ses pattes pour s'échapper mais, sentant l'emprise des deux hommes, il y renonça rapidement.

— Répondez ! somma le brigadier.

— Il s'agit de mon initiative, fit calmement le colonel.

— Un homme de votre rang, sir Arlington ! Je ne peux le croire.

Ted sortit de sa poche un mouchoir en tissu. Plus

précisément, le mouchoir en tissu qu'il avait subtilisé au propriétaire du chenil lors de sa visite. Il le tendit devant le museau du gros chien.

Et il put lire à loisir dans les yeux du dogue qu'il reconnaissait parfaitement son propriétaire. Il se mit à pousser des petits couinements craintifs. Comme si l'écrivain avait pu voir apparaître sur sa pupille les brimades infligés par l'horrible personnage, les coups de bâton pendant le dressage, les regards pleins de haine à travers les barreaux des cages, la silhouette du tortionnaire venu acheter la bête pour la revendre ici à ce fou nostalgique des chiens du guet.

Ted se releva et se posta face à Lunebleue, en pleine discussion avec sir Arlington.

— Il me faut retourner au chenil de Saint-Servan, les coupa Ted.

Le colonel traduisit instantanément.

— Et pourquoi donc, s'il vous plaît ?

— Ce chien vient de là-bas. Ballopied nous a menti.

Le gradé réfléchit quelques secondes avant de répondre.

— Nous irons demain matin. La loi m'interdit de pénétrer dans une propriété privée en pleine nuit.

— Je suis au-dessus des lois, déclara Ted calmement.

Il touchait là au cœur de l'enquête. Faire parler Ballopied, cela pouvait l'amener vers le coupable. Sœur Claire le rejoignit aussitôt, signifiant par là son envie de l'accompagner.

— Affrétez-moi simplement un fourgon. Il se garera en retrait. Je m'occuperai du propriétaire seul. Je n'ai pas besoin de vos hommes.

— Vous êtes courageux ! s'enthousiasma l'alchimiste qui avait repris du poil de la bête. Si ce fou lâche ses chiens sur vous...

— Farrokh n'a qu'à m'accompagner, trancha le détective. Il veillera au bon comportement de ce Ballopied.

Lunebleue donna son accord. Après tout, plus vite l'enquête serait résolue, plus vite il pourrait reprendre ses horaires de bureau. Supporter les crises incessantes du maire, depuis une semaine et demie, à toute heure du jour et de la nuit, lui pesait grandement.

L'Indien se frotta les mains et sortit un poignard de sa ceinture, avec lequel il dessina des signes étranges dans l'air avant de le ranger.

Un homme fit une piqûre à l'animal qui s'assoupit de nouveau. Le groupe prit alors la direction de la gendarmerie.

*
* *

Le brigadier commit le même homme que la veille pour accompagner le détective anglais, sa jeune compagne et l'aide de camp du colonel anglais.

— Surtout ne te montre à aucun prix, répéta le gradé accoudé à la fenêtre du véhicule. Reste toujours derrière et ne te mêle pas de cette affaire, sauf si elle tourne vraiment mal. Ce soir, tu es un simple chauffeur de taxi, et non un gendarme.

L'homme approuva, alluma les phares et démarra aussitôt le fourgon. Lunebleue pria pour que tout se déroule sans la moindre anicroche.

Le petit groupe arriva au chenil un quart d'heure plus tard. Comme il fallait s'y attendre, le portail était fermé. Sœur Claire eut beaucoup de mal à se faire à l'odeur du lieu et remonta le col de son manteau pour se protéger. Les maisons du voisinage étaient plongées dans l'obscurité.

Il n'y avait pas de sonnette, ni même de cloche. Ils n'eurent pas d'autre alternative que de défoncer l'entrée du domaine. Ted n'avait jamais prôné la violence, sous quelque forme que ce soit, mais ici, c'était un cas de force majeure.

Farrokh comprit immédiatement ce que voulait lui demander l'Anglais et anticipa sa requête. Il s'élança, sa tête surmontée d'un beau turban rouge pointée vers l'impact : les deux battants cédèrent instantanément et tombèrent au sol.

Le bruit provoqué par la chute des deux vantaux de fer éveilla quelques aboiements qui se turent presque tout de suite.

Ted prit la direction du petit pavillon de pierre, la religieuse et l'Indien, nullement sonné, sur ses talons.

Cette fois-ci, il frappa à plusieurs reprises. Des jurons jaillirent aussitôt puis, quelques secondes plus tard, la porte s'ouvrit.

Ballopied se tenait dans l'embrasure, vêtu d'un slip sale et trop grand pour lui. Il bâilla intensément avant de s'apercevoir qu'il s'agissait simplement de cet étrange Anglais.

— Vous n'avez pas l'impression que nous sommes en dehors des heures d'ouverture ?

Il eut un renvoi puis enchaîna :

— Et d'abord, comment êtes-vous entrés chez moi ?

Farrokh se posta près de Ted et croisa les bras, menaçant.

— Qu'est-ce que c'est que ça ? C'est à vous ce métèque ?

— Monsieur Ballopied, expliqua l'écrivain en néerlandais, je peux vous apporter la preuve que vous avez vendu à un individu les deux chiens qui sèment la terreur à Saint-Malo depuis bientôt deux semaines.

— Qu'est-ce que vous me racontez là ? grogna le propriétaire. Vous êtes flic maintenant ?

— Dites-moi simplement le nom de l'acquéreur des deux molosses...

— Je n'ai rien à voir dans tout ça, cracha-t-il.

Il était maintenant parfaitement réveillé et grattait nerveusement sa balafre.

— Je suis rangé des affaires ; j'ai purgé ma peine au bagne et, à présent, j'ai tiré un trait sur tout ça. J'ai payé ma dette à la société, m'entendez-vous ?

— Vous avez payé votre dette, mais l'addition se révèle plus importante que prévue ! lança Ted, pas peu fier de cette réplique qui laissa de marbre l'Indien. Je vous somme de me dire à qui vous avez livré les deux chiens meurtriers !

— Si vous ne sortez pas immédiatement de chez moi, je vous lâche mes caniches au cul, Andrea en tête de meute, c'est bien clair ?

Le détective essuya les postillons de Ballopied, puis soupira. Farrokh sentit qu'il devait intervenir. Il fit un pas en avant, agrippa le malfrat par le bas-ventre et le souleva à la seule force de son bras. Ce dernier hurla tout son soûl.

— Je vais tout vous dire ! fit-il d'une voix plus aiguë qu'à l'habitude.

Farrokh desserra son emprise.

— Je n'ai jamais vu mon client. Il m'a envoyé une lettre il y a trois semaines en me proposant une grosse somme d'argent contre deux chiens dressés à tuer. Je ne voulais pas accepter au tout début... Les huissiers m'y ont obligé.

— Comment l'avez-vous contacté ? demanda Scribble.

— Une adresse de poste restante à Saint-Malo. Je n'en sais pas plus, je vous assure. Le jour de livraison des chiens, j'avais pour consigne de les attacher près du square Chateaubriand et de partir. J'ai reçu un mandat le lendemain.

Farrokh reposa l'homme à terre.

— C'est vous qui les avez dressés pour donner la mort ?

— Oui, souffla le propriétaire du chenil. Il fallait les nourrir avec très peu de bidoche deux jours avant et leur désigner la proie en leur disant « Viande ! »

Cette explication, qui semblait sincère, n'arrangeait pas le détective. Alors qu'il croyait repartir du chenil avec le nom du maître des chiens en poche, il ne possédait que celui de leur dresseur — qui n'était pas la première personne à blâmer dans cette affaire.

— La gendarmerie viendra vous arrêter demain à l'aube, dit simplement Ted avant de prendre congé.

Il ne se faisait pourtant aucune illusion. Demain matin, Ballopied aurait déjà fui, laissant derrière lui son chenil et ses cabots. Ce départ ne le dérangeait pas : le balafré avait déjà perdu assez de sa vie en cassant des cailloux au bagne. Ce qui importait avant tout, c'était d'arrêter et de passer les fers au meurtrier, à celui qui susurre ce féroce « Attaque ! » aux chiens du guet.

Ils se séparèrent sans user des habituelles formules de politesse. Aussitôt, Scribble se demanda où était passée la religieuse en civil. Farrokh fit une mine étonnée. Il n'en avait pas la moindre idée. Des bruits venant du chenil les renseignèrent.

Sœur Claire était accroupie près de la cage de ce fameux caniche roux qui avait montré ses dents en hurlant sur Ted l'autre jour. La chienne se laissait dorloter à travers le grillage. Autour, les autres animaux dormaient ou bien jappaient mollement.

— Il est si mignon, fit la nonne. Il pourrait peut-être me tenir compagnie pour les longues soirées d'hiver...

Au fur et à mesure que les deux hommes s'approchèrent, la chienne se dressa et se mit à aboyer avec rage.

Farrokh fit un geste d'étranglement en regardant Ted, mais le détective déclina cette offre. Il prit sœur Claire par le bras et ils s'éloignèrent enfin du bâtiment d'où s'échappaient ces infâmes relents.

Elle s'informa auprès de Ted si Ballopied avait parlé. Agacé par sa désinvolture, l'ex-feuilletoniste attendit d'être remonté à bord du fourgon pour répondre.

Ils regagnèrent Saint-Malo endormie, le visage bien maussade.

16

Malgré l'heure avancée, sœur Claire préféra regagner son domicile à vélo plutôt que de partager la couche du détective. « En tout bien, tout honneur », avait-il cru bon d'ajouter.

— Demain matin, je fais une visite dans une maison de retraite de la région, précisa-t-elle avant de lancer sa course. Je vous rejoindrai dans l'après-midi.

Ted acquiesça. Le départ précipité de la jeune fille parachevait une soirée bien peu productive.

Lorsqu'il rentra au chaud dans la boutique, le colonel lui tomba dessus. Farrokh avait déjà regagné ses quartiers.

— Votre aide de camp m'a été d'un grand soutien, le remercia Ted. Le propriétaire du chenil a parlé. Les chiens viennent bien de chez lui... Hélas, il n'a jamais vu son acheteur.

— Je m'en doutais, pesta sir Arlington. Il aurait fallu le capturer ! Ah, c'est un échec total ! Attendre soixante-six ans pour connaître son premier échec !

Ted était aussi dépité que son hôte. Il n'allait pas

tarder à monter se coucher. La nuit portait conseil, à ce qu'on disait.

— J'oubliais... continua le marchand. Avant de capturer le chien, il m'a semblé entendre un coup de feu dans le lointain. Je n'ai pas eu le temps de demander à Farrokh. Est-ce lui qui a tiré par inadvertance ?

— Oui. Votre serviteur était aux aguets et a pris la statue de Duguay-Trouin recouverte de goudron pour un mauvais esprit. Il l'a tout d'abord sommée de se coucher à terre, mais, devant son immobilité, il lui a envoyé une décharge en pleine face.

— J'espère qu'il ne l'a pas trop abîmée, s'inquiéta l'alchimiste. Farrokh a quelquefois des attitudes bien étranges.

— Il s'est jeté dessus en criant, et a cassé son poignard préféré en voulant l'égorger.

— Je lui avais pourtant ordonné de ne pas tirer avec son arme à feu ! Les Malouins ont dû croire qu'un boulet détruisait à nouveau les remparts !

Ted haussa les épaules de dépit. Il prit congé. Le vieil homme ne le suivit pas dans l'escalier, préférant rejoindre son atelier secret. L'écrivain ne l'avait jamais vu fatigué. Soucieux, certes, mais jamais exténué. Pour un retraité des armées de cet âge, et handicapé par une blessure, c'était étonnant ! On voyait bien là la robustesse proverbiale des Anglais !

Ted ne tarda pas à se glisser dans le lit. Il souffla immédiatement la lampe. La lumière sur ses enquêtes s'éclaira mieux dans l'obscurité et la solitude.

Allons ! C'était le moment de faire le point sur

l'affaire et de balayer ou d'étayer les doutes qu'il pouvait encore avoir.

Sœur Claire se rangeait définitivement sous la bannière alliée. Elle semblait franche, et il ne la voyait pas mener un double rôle.

Elle n'avait pas cherché à le tuer ni sur l'île ni même pendant le naufrage alors que bon nombre d'occasions s'étaient présentées à elle.

Du reste, si elle cherchait à préserver l'instigateur des incidents, elle aurait tout fait pour que Ted ne découvre pas le canon ou même pour qu'il ne capture jamais le chien du guet.

Toutefois, elle aurait très bien pu laisser filer l'assassin. Après tout, cette hypothèse était fort possible. Le militaire surveillait le molosse assoupi et, dans l'obscurité, avait des difficultés à observer le comportement réel de la nonne.

Certains de ses agissements paraissaient bien étranges. Elle semblait entretenir un drôle de rapport avec ce jeune poète prénommé Théophile. On aurait dit un copinage, plutôt qu'un rapport de religieuse à un fidèle. Leur tutoiement, dont Ted commençait à appréhender le sens et l'emploi, en témoignait. Elle n'avait pas rechigné non plus à quitter ses habits de culte, et ne s'était aperçue de la disparition de sa coiffe que quelques heures plus tard.

Pouvait-il trancher si vite ? Quel âge pouvait-elle bien avoir ? Vingt-cinq ans tout au plus... Elle se targuait d'avoir passé un an en Angleterre, puis de s'être occupée de l'abbé Fouré pendant des années, avant qu'il ne lui lègue sa propriété. Le curé étant mort deux ans auparavant, cela signifiait que la religieuse avait commencé à s'en occuper très jeune, adolescente même. Était-ce de coutume dans cet évêché de faire assister un prêtre handicapé par une jeunette à peine sortie du couvent ?

Le détective se repassait les images de cette journée et s'attarda sur le naufrage. Il ne s'était pas encore interrogé sur son origine.

Sœur Claire lui avait dit que le mât s'était brisé alors qu'elle tirait sur la grande voile. Était-ce un accident ?

Le torse poisseux, Ted se releva et posa son dos contre le mur.

Et si on avait saboté le voilier ? Un mât aussi solide ne pouvait se briser ainsi. On pouvait l'avoir scié pour qu'ils se noient ? Le prêtre de Cézembre en aurait eu la possibilité pendant qu'ils étaient partis à l'autre bout de l'île pour visiter le moulin à vent et son monstre légendaire. Père Bonenfant avait-il profité de leur absence pour scier la base du mât juste assez pour qu'il lâche en pleine mer ?

Il avait dû estimer que Ted et sa compagne en avaient trop appris sur l'île et son canon, ou bien que lui-même avait trop parlé, voire que ces curieux visiteurs avaient fureté trop près de sa chapelle et de ses petites affaires.

Provoquer leur noyade, c'était se donner l'assurance qu'ils ne raconteraient à personne ce qu'ils avaient vu !

À présent, cela ne faisait aucun doute pour Ted. On avait saboté leur embarcation. Le curé de Cézembre occupait une place centrale dans cette histoire : Il ne pouvait habiter si près du canon sans entendre les déflagrations.

Mais il ne fallait pas pour autant oublier le maire de Saint-Malo, M. Buisson. Après tout, le « New-York » était son voilier et il aurait très bien pu le saboter ou le faire saboter dans le cas où le détective aurait découvert le canon sur l'île. Hélas pour lui, bien que le mât eût cédé pendant la traversée du retour, les deux occupants de l'embarcation s'en étaient sortis sains et saufs.

Quel intérêt néanmoins pouvait bien avoir l'édile dans cette opération ? Il n'avait jamais rechigné à aider Scribble et semblait véritablement peiné par la tournure que prenaient les événements. Ses sanglots étaient-ils du chiqué ? Ses rapports avec Mme Peignefin, la diseuse de bonne aventure, de la comédie ? Maintenant qu'il se rappelait leur conversation matinale, le député n'avait pas fait montre d'un grand enthousiasme à l'idée que Ted se rende sur Cézembre. Était-il de mèche avec le curé ?

Cette tourmente d'éléments, au lieu de le garder éveillé, le fit assoupir.

Le dramaturge s'endormit alors que son esprit faisait apparaître toujours la même image, celle du père Bonenfant, vêtu d'une chasuble rouge sang et tenant en laisse un chien enragé. Il se tenait sur le pont du galion fantôme aux canons encore fumants et s'apprêtait à donner des coups de hache sur le mât translucide.

Ted ne sut si c'était un cauchemar ou bien l'atroce vérité.

*
* *

Levé de bonne heure, lavé et habillé, l'ex-feuilletoniste s'éclipsa discrètement de la boutique pour aller faire un tour en ville.

Après tout, il ne connaissait pas vraiment Saint-Malo, à peine quelques-uns de ses lieux phares.

Il passa à tout hasard devant la crêperie « Le Galop » mais, comme il s'en doutait, elle ne servait qu'à partir de midi. Il n'oubliait pas que le patron avait une dette à son égard et il aurait bien apprécié déguster une crêpe « Amandine » en guise de *breakfast*.

Alors qu'il passait devant la chapelle Saint-Sauveur, il remarqua que beaucoup de monde déambulaient dans les rues. Les boutiques étaient pour la plupart ouvertes et certains cafés-restaurants disposaient leurs tables sur le trottoir.

Il était à peine 9 heures, et des clients s'attablaient déjà.

Ted s'accouda quelques instants contre une fontaine tarie.

— Si c'est pas malheureux, grogna un vieux loup de mer portant la pipe et la casquette traditionnelle.

— Il y a de l'activité ce matin ! s'étonna Ted.

— Et ça dure depuis ces histoires de fantômes, d'puis qu'la presse fait ses choux gras avec ça ! On vient de Rennes, de Paris même en quête d'une place aux premières loges pour attendre le prochain boulet de canon ! Paraît que les journaux parisiens mettent tous l'affaire à la une ! Ah, on peut dire que le Buisson mène bien sa campagne de promotion ! Articles, interviews... Si le limier anglais découvre le coupable, faudra pas qu'il se mette martel en tête si ce foutu corniaud de maire tire toute la couverture vers lui.

Scribble ne comprenait pas tout, mais saisissait approximativement la rancœur de l'autochtone.

— Si encore y avait qu'des Français, continua le

marin. Mais, en plus des Anglais, y a des Allemands maintenant, vous vous rendez compte ? Des Allemands !

Le petit homme s'enfonça dans la foule. Bientôt, Ted ne vit plus que les volutes de fumée de sa pipe au parfum exotique.

Il reprit sa promenade. Les rues de la cité corsaire ne désemplissaient pas. Les voyageurs arrivaient en nombre par la Grande-Porte ou la porte Saint-Vincent et se déversaient ensuite dans les ruelles et venelles.

Ted ne pouvait détacher son attention des paroles du marin qui accusaient nommément le maire de se servir des événements pour faire de la publicité pour la ville... Le vieil homme était-il un opposant farouche de l'édile ou tout simplement un citoyen qui rendait compte des faits avec impartialité ?

Soudain, une théorie germa dans son esprit, qui rejoignait quelques conjectures réfléchies la veille au soir dans la solitude de sa chambre.

Et si M. Buisson en était l'instigateur ? Oui, si le maire lui-même, avec l'aide de la municipalité, orchestrait en sous-main tous ces incidents pour que l'on parle de Saint-Malo comme jamais auparavant ? Pour lui redonner son prestige d'antan, même au prix de deux cadavres et de quelques destructions ! Ne disait-on pas que c'était là ce qui intéressait en priorité les gens du peuple ?

Mais alors, pourquoi l'aurait-on fait venir pour mener l'enquête ? Plus le mystère durait, mieux cela était pour le tourisme de la cité Malouine, non ?

Ted arriva près du square situé en face de l'hôtel de ville. Le kiosque à journaux égrenait un chapelet de titres avec à la une des photos de la ville fortifiée.

Au second rang, on pouvait trouver quelques feuilles anglaises dont *The Shore*. Ted s'en saisit. Voilà bien longtemps qu'il n'avait plus eu de nouvelles de son pays.

Quelle ne fut pas sa stupeur en voyant son nom s'étaler sur la première page du quotidien !

SCRIBBLE POURFEND LES FANTÔMES FRANÇAIS. Tel était le titre sur cinq colonnes. L'article était, comme toujours, écrit à grand renfort d'expressions superfétatoires. Brackwell signait un édito où il rappelait comment il avait fait débuter le détective au journal.

Par quel prodige le rédacteur en chef en savait-il autant sur l'affaire des fantômes de Saint-Malo ? Avait-il dépêché un journaliste ici ? Ou bien bénéficiait-il d'un correspondant intra-muros ?

Il reposa le journal, puis frotta ses mains tachées d'encre avec son mouchoir.

— Buisson, chuchota-t-il, es-tu un bon comédien ou un politique sincère ?

Il s'aperçut qu'il énonçait là un bien bel oxymore.

C'était décidé !

C'est aujourd'hui qu'il découvrirait la vérité !

Il demanderait une audience au premier magistrat de Saint-Malo pour tirer cela au clair.

Il ne fallait jamais négliger une piste dans une enquête, la plus farfelue soit-elle. « Surtout la plus farfelue », aurait très certainement ajouté un écrivain de roman à énigmes.

17

M. Buisson n'était pas là ce matin. Parti en urgence à Paris la veille en début d'après-midi pour répondre aux questions d'un journal, il devait revenir vers 15 heures. Son secrétaire conseilla au détective de repasser, arguant qu'il n'avait nullement besoin de prendre rendez-vous, que le maire était disponible à tout instant pour ce qui concernait « les terribles drames qui entachent la réputation de notre cité magique ». On eût dit qu'il récitait une phrase extraite d'un article de *The Shore*.

Ted retourna aux « Feuilles Divines ». La célèbre boutique de thé, comme toutes les autres, ne désemplissait pas. Farrokh avait été mis à contribution par son employeur pour descendre les boîtes rangées tout en haut des étagères. Le détective entendit un vrai florilège de langues dans le magasin. Il se posta dans un coin et observa tous ces gens qui grouillaient dans le petit espace. Sir Arlington semblait aux anges, il souriait à tout le monde et n'hésitait pas à employer la langue du client pour le remercier. Ses compatriotes bénéficiaient apparemment d'un traitement de faveur. Quand la balance ne s'équilibrait pas avec la tare en faveur du client, le colonel n'enlevait jamais le surplus de feuilles du sachet.

Il faut dire que le vieil homme devait savourer son triomphe. Ne se plaignait-il pas de l'indifférence des Anglais, qui fuyaient sa boutique comme la peste, lui reprochant et la trahison d'être venu s'installer en France, et son goût pour les mélanges trop originaux ?

En somme, tout cela aurait pu être orchestré par l'amicale des commerçants de la cité corsaire.

Le détective plissa les yeux et se concentra sur l'ami personnel du roi. Il se demanda s'il avait déjà vu le visage d'un homme illuminé à ce point par la joie. C'était une jouissance quasi sexuelle que l'alchimiste des thés affichait sans retenue en tendant les sachets de thé et en encaissant les devises sur sa caisse enregistreuse qui sonnait à chaque ouverture.

Il ne pouvait y avoir la simple satisfaction de la recette. C'était à la reconnaissance qu'aspirait le colonel, à la reconnaissance de son génie, de son talent inimitable pour marier les parfums. Amateur de ce breuvage, Ted n'avait cependant pas encore eu le temps d'en boire une seule tasse.

Un groupe de clients anglais salua le propriétaire avant de sortir. La boutique retrouva son calme.

— Jusqu'à la prochaine vague, Mr Scribble ! s'enthousiasma le colonel. J'ai posté un gamin à la gare qui indique aux visiteurs où se trouve la rue de Vauborel et un autre à la Grande-Porte ! Ah, c'est une journée si parfaite !

Il semblait avoir remisé dans le lointain leur échec de la veille au soir. Ted préféra ne rien dire quant à ses soupçons sur l'édile. Il ne rapporta pas plus le monologue du vieux loup de mer.

— Et en ce qui vous concerne ? s'enquit sir Arlington, qui vérifiait avec maniaquerie que tout était en place sur son comptoir. Quel est votre plan d'attaque pour la journée ? J'ose espérer que vous n'allez pas baisser les bras !

Ted le rassura sur ce point, puis enchaîna :

— Je venais de me faire la réflexion que je n'ai pas encore savouré une de vos compositions. Peut-être est-ce le moment...

— Formidable ! Laissez-moi quelques instants pour mettre l'eau à bouillir et je vous offre cette expérience unique !

Ted fit la moue. Son hôte aurait pu lui épargner ces formules à l'emporte-pièce réservées à la clientèle. Resté seul, il en profita pour se glisser derrière le comptoir. Le nombre de tares posées près de la balance était impressionnant. Des sachets de différentes tailles au nom de la boutique étaient soigneusement empilés et n'attendaient plus qu'à être remplis.

Il n'osa pas s'approcher trop près de la porte menant à l'atelier secret du vieil homme. Pourtant, cette pièce l'intriguait. Pourquoi le marchand refusait-il son entrée... Par peur de la concurrence ? Pour qu'on ne lui dérobe pas ses secrets de fabrication ? Ou parce qu'il cachait quelque chose d'inavouable ? Des sachets de thé d'une marque plus connue par exemple...

Ted se rappela qu'une affaire semblable avait défrayé la chronique à Londres deux années auparavant. Un magasin très huppé, où s'approvisionnaient certains membres de la famille royale, avait fermé, suite à la publication dans *The Shore* d'un article révélant qu'il se fournissait incognito chez un confrère, se contentant juste de rempaqueter les feuilles.

Le détective se demanda pourquoi il devenait tout à coup suspicieux envers l'ami du roi. Ne pouvait-il pas être tout bonnement un véritable génie des mélanges ? C'était un Anglais après tout, et il n'y avait là rien d'étrange.

Un carton posé au sol attira son attention. Il portait sur sa tranche une écriture différente de celle présente sur tous les autres récipients : « Terre des Vosges ancestrale ». Sans doute un nouveau mariage concocté par le colonel ? Près d'elle, il remarqua une étrange boîte en fer circulaire. On eût dit celle réservée au rangement des bobines de cinématographe.

Son cœur fit un bond dans sa poitrine.

Des bruits dans l'escalier alertèrent Scribble de l'arrivée de Farrokh. Il regagna la place réservée au client. L'Indien apparut aussitôt. Suivi quelques secondes plus tard par sir Arlington, qui sortait de son atelier, une bouilloire fumante à la main. Il jeta un coup d'œil vers la vitrine.

— Hé, hé ! Voilà des clients qui hésitent à entrer ! Mais qu'ils poussent la porte, sacrebleu !

Il posa le récipient bouillant sur le comptoir.

— Je tiens à vous faire déguster une de mes nouveautés, Mr Scribble. Vous serez le premier à la découvrir car je ne compte pas la mettre en vente avant demain.

— C'est donc celles-là que vous prépariez la nuit, enfermé dans votre sanctuaire ?

— C'est exact ! Je ne pouvais pas rester insensible aux événements de ces derniers jours. Aussi ai-je créé ces deux parfums.

Il exhiba fièrement deux petits récipients cylindriques.

— Tout d'abord, « Sang sur les Remparts », une dominante de fruits rouges et de quelques épices, de la cannelle en premier lieu. Fruité en bouche... puis le feu persistera au palais.

Scribble nota cette appellation peu amène. Le vieil homme était en représentation, comme s'il répétait avant la première.

— Ensuite, « Parfum de Peur dans la Tempête », menthe poivrée et réglisse, alliance du chaud et du bouillant, âmes sensibles s'abstenir.

Il sourit et dévoila ses dents jaunies.

— Lequel vous fait le plus envie, mon ami ?

À cet instant, les clients hésitants poussèrent la porte. Un *« How nice it is ! »* informa Ted qu'il s'agissait de compatriotes. Il désigna le premier récipient.

— Je vais être obligé de vous quitter, murmura le militaire en versant deux cuillerées dans la théière. Serait-ce impoli de vous demander de tout monter dans votre chambre ? Je ne voudrais pas qu'ils sentent ce parfum et me supplient de leur en vendre.

L'ex-feuilletoniste ne rechigna guère. Il posa le service à thé sur un plateau et prit la direction de l'escalier. L'attitude du vieil homme commençait à l'exaspérer. Il serait plus au calme sur son lit pour faire le point avant l'arrivée de sœur Claire.

La religieuse lui avait fixé rendez-vous à la boutique mais, si elle n'était pas là avant 15 heures, il partirait tout de même à la mairie.

Il savourait sa tasse de thé, en regardant au-dehors par la vitre. Londres commençait à lui manquer terriblement, lui qui habitait une maison construite sous la Tamise, véritable miracle de l'architecture, qu'il avait achetée pour une bouchée de pain à un conducteur de bâtiment en faillite. Le grand air ne lui réussissait jamais, il préférait toujours le confinement. C'est ainsi qu'il écrivait ses plus belles pages et résolvait les enquêtes les plus coriaces. Intra-muros, la cité ne lui déplaisait pas, mais c'était une tout autre histoire lorsqu'on en sortait, lorsqu'il voyait cette mer s'étendant à perte de vue, l'air humide et les cris des oiseaux. Un séjour de quelques jours était à même d'éveiller votre romantisme, mais il ne pourrait vivre dans un tel environnement tout au long de l'année. Et puis la vie culturelle y était si médiocre ! Point de pièces de théâtre sinon celles d'une compagnie miteuse, des concerts de bas niveau, une bibliothèque axée uniquement sur l'histoire du pays.

Le breuvage s'avéra exquis. La saveur ne faiblissait pas pendant la dégustation. Le palais ne semblait jamais s'habituer aux parfums. C'était comme si le thé en distillait un différent à chaque gorgée pour vous surprendre. Une réussite totale ! Sir Arlington méritait amplement son surnom ! Le détective ne repartirait pas les mains vides de la boutique. De cela, il était sûr.

Il s'était promis de mettre le point final de l'enquête le soir même, mais il n'était guère avancé pour l'instant.

Peut-être était-ce le moment d'utiliser sa méthode des petits papiers avant de rencontrer le maire. En déchirant des pages et des pages de son bloc, il espéra que la religieuse ne pointerait pas le bout de son nez dans les minutes qui viennent.

Comme à son habitude, lorsqu'il possédait bon nombre d'indices, sans pour autant parvenir à les relier entre eux par une chaîne logique, il griffonnait ses observations sur des bouts de papier puis les étalait à terre. La suite consistait alors à reconstituer le puzzle, qui amènerait le détective à s'apercevoir qu'il manquait une pièce, celle tout au centre de sa construction, là où il pourrait inscrire au crayon le nom du coupable, avant de se confronter à lui plus directement.

Scribble resta bien deux heures claquemuré, les rideaux tirés, à quatre pattes dans l'espace exigu, recouvrant même son dessus de lit des éléments découverts à Cézembre, justement. Quand les premiers maux de tête apparurent, quand il eut l'impression que son cerveau tambourinait contre sa boîte crânienne comme s'il réclamait une pause et voulait s'échapper, il versa le reste de thé dans sa tasse, puis la porta à ses lèvres. Mais la boisson était froide. Écœuré, il la reposa et se replongea dans l'énigme des fantômes de Saint-Malo.

— Et si..., murmura-t-il enfin.

Cela lui paraissait bien trop... Il ne manquait pas simplement une pièce, mais deux dans son puzzle. Il espéra que son entrevue avec le maire lui permettrait de raturer l'une des deux.

Le dramaturge regarda sa montre. Il était 14 heures 30 et sœur Claire n'était toujours pas là. Qui sait ? Peut-être avait-elle été retenue à la maison de retraite par un de ses occupants en phase terminale ? Il ne voulait pas lui jeter la pierre pour son retard, mais il avait grande hâte de se rendre à la mairie.

Ted s'épongea le front et remit son manteau. Il devait ouvrir la porte en prenant moult précautions pour ne pas faire envoler les feuilles de papier.

En espérant que personne ne chercherait à s'introduire dans sa chambre (hélas, il ne possédait pas la clef de la porte), il descendit quatre à quatre les marches de l'escalier et sortit de l'échoppe qui ne désemplissait toujours pas. Il y avait au bas mot une quinzaine de clients. Sir Arlington restait flegmatique et ne se départait pas de son sourire.

Par acquit de conscience, Scribble attendit encore un quart d'heure devant la devanture puis, fermement décidé, prit la direction de l'hôtel de ville.

18

Le secrétaire du maire le fit patienter dans l'antichambre, une pièce bien plus luxueuse et lumineuse que le bureau lui-même.

Alors qu'il croisait et recroisait ses jambes en attendant de rencontrer M. Buisson, il vit une silhouette sortir d'un bureau. Il n'y prêta tout d'abord guère attention. Quelques secondes plus tard, quand il se rendit compte que cette silhouette portait le même costume que sir Arlington et qu'elle s'appuyait sur une canne identique à celle du colonel, elle était déjà redescendue.

Mais c'était impossible ! Il n'avait pas la berlue ! Comment le militaire en retraite pouvait-il se trouver ici alors que cela faisait à peine dix minutes qu'il l'avait quitté dans sa boutique ? Ted n'eut pas le profit du temps de la réflexion, l'heure de son entretien venait de sonner.

M. Buisson accueillit le détective avec ferveur. Malgré ses traits tirés, il semblait en pleine forme. Son secrétaire bilingue lui apporta la presse du matin sur un plateau d'argent.

— Les journaux parisiens ne parlent plus que de

nous ! s'exclama-t-il en regardant les gros titres, un large sourire aux lèvres. J'ai parlé de vous en haut lieu, Mr Scribble, et tout le monde était pendu à mes lèvres. J'accueillerai demain une délégation de journalistes de la capitale. Peut-être pourrions-nous organiser une conférence de presse pour ce qui concerne les derniers développements de votre enquête ?

Ted figea son visage dans un rictus.

— Je ne désire aucune publicité, rétorqua-t-il d'un ton dur. Je n'en ai nullement besoin. Je ne suis pas un politique, monsieur. Pas même un détective qui court après le client. Si j'ai accepté de venir dans votre ville, c'est sur ordre du souverain britannique et non pas pour me faire connaître en France.

Le comportement du député ne pouvait qu'accréditer l'opinion du dramaturge à son sujet.

— Je n'ai pas pour habitude de divulguer la solution d'une énigme avant sa toute fin, continua-t-il, je me targue de respecter le précepte premier de la littérature policière même si je l'exècre par-dessus toutes les autres.

— En d'autres termes, Mr Scribble, et pour reprendre votre judicieuse métaphore, il faudra attendre les dernières pages du livre pour connaître enfin le nom du coupable que vous connaissez déjà.

L'ex-feuilletoniste se rejeta en arrière dans le fauteuil. Il n'arrivait pas à dissiper l'image du colonel sortant du bureau voisin. Comment diable avait-il pu quitter si vite la boutique pour arriver avant lui à la mairie ? Quand Ted avait attendu la nonne devant l'échoppe, le marchand était encore occupé à servir ses clients. Il devait pourtant ne pas laisser son esprit vagabonder. Cette conversation lui demandait une attention de tous les instants. Le député était fin tacticien.

— C'est à peu près cela, à la différence près que je ne pourrai pas, dans l'état actuel des choses, entrer dans le détail. Néanmoins, bluffa-t-il, j'ai confié à une personne digne de confiance une enveloppe scellée contenant mes soupçons. Ceci par simple mesure de précaution. On n'est jamais trop prudent.

Buisson fronça les sourcils, mais approuva.

— C'est une sage précaution et je vois que votre réputation n'est en rien usurpée. Quand pensez-vous nous livrer la solution ?

— Je ne le sais pas encore et je doute que vous soyez la première personne informée...

— Enfin ! le coupa-t-il. Je suis le premier magistrat de cette ville !

— À moins que vous ne preniez part d'une façon ou d'une autre dans une des innombrables ramifications de cette machination.

— Que voulez-vous dire ?

— Disons que je ne peux me satisfaire de votre comportement depuis quelques jours, ni de celui des commerçants et des restaurateurs de Saint-Malo.

— Je ne comprends pas, bafouilla le maire.

Ted n'allait pas couper les cheveux en quatre.

— C'est une impression diffuse. Comme si je n'étais qu'un jouet entre les pattes des Malouins ! Comme si je n'étais qu'un faire-valoir dans cette affaire, le morceau de gruyère pour attirer les touristes ! Même les journaux anglais font la une sur ma venue ici alors que je suis parti incognito de Londres, sans même confier à mes proches ma destination. Tout cela ne serait qu'une manigance pour faire redorer l'image de votre ville, pour lui faire retrouver, à n'importe quel prix, son prestige d'antan...

Il avait rodé son discours et se contentait à présent de le resservir, à la virgule près. Un rayon de soleil naissant vint le frapper en plein sur le visage. Il se leva pour continuer :

— Mais je n'avais jamais dans ma vie joué les pantins et ce n'est pas aujourd'hui que je vais commencer... Ni dans vos mains...

Ted stoppa net. Son regard s'éclaira vivement.

— ... ni dans celles d'un autre.

— Vous êtes devenu fou, Mr Scribble ? Vous ne croyez tout de même pas que j'aurais sacrifié ma carrière politique nationale en commanditant des meurtres pour redorer le blason de cette foutue ville ?

Ted n'écoutait même plus car il venait de trouver sa pièce manquante. Un simple agencement lui donnerait inévitablement le nom de l'instigateur de tous ces événements. Il n'avait plus de temps à perdre dans ce bureau.

— Ah ! Au fait ! fit-il avant de quitter la pièce. Votre bateau repose au fond de la mer depuis hier soir. Quelqu'un a très certainement saboté le mât. Je vous ai même soupçonné un instant. Mais maintenant, je m'en excuse.

— Mon « New-York » ! Coulé ! hurla M. Buisson.

Le détective prit ses jambes à son cou. Les sanglots du maire le perturbèrent alors qu'il descendait l'escalier.

*
* *

Il ressentait toujours la même excitation à l'idée de démasquer le coupable. Lui qui n'acceptait pas l'injustice, sous toutes ses formes, s'apprêtait à en terrasser une de taille, et souhaitait y mettre la manière.

Étrangement, il éprouvait à la fois le calme de l'enquêteur arrivant enfin au bout de sa quête de vérité et le sentiment de ne pas aller assez vite, la peur qu'une dernière chose ne lui échappe et ne le prive de son succès aux yeux de tous.

Il lui restait à coincer le criminel. Mais n'était-ce pas là le plus gratifiant ? Les incertitudes étaient à présent derrière lui.

Il devait bâtir un plan assez solide pour qu'aucun doute ne soit permis. La vérité serait si difficile à faire admettre qu'il ne devait pas se lancer à l'aveuglette.

Lorsqu'il arriva à la boutique, sœur Claire s'y trouvait. Elle était assise dans un coin sombre, à côté de Farrokh. La religieuse paraissait toute chétive par rapport à la carrure imposante de l'Indien.

Elle se leva immédiatement et dut mettre une bonne minute à se frayer un passage à travers la foule des clients.

— Ah ! Ted !

Elle se jeta presque dans ses bras. L'Anglais s'en trouva fort ému.

— Le domestique de votre ami me fait une cour éhontée, vagit-elle, presque hystérique. Je ne sais pas si cela est une coutume dans son pays, mais il me l'a fait comprendre à grand renfort de gestes obscènes. Il ne doit pas connaître la signification de ma tenue et les vœux que j'ai dû prononcer avant de m'en vêtir. Pourriez-vous lui en toucher un mot ou deux ?

Ted argua qu'il ne connaissait pas la langue maternelle de l'Indien.

— Et je n'ai pas de temps à perdre avec ces sornettes, ajouta-t-il.

La nonne se refrogna.

— Écoutez ! Je monte à l'étage une dizaine de minutes... Tout à l'heure, je vous paye une crêpe et une bolée. C'est d'accord ?

Sœur Claire grommela une vague approbation.

— Je vous attends dehors. J'ai trop peur que ce gros balourd passe à l'acte.

Ted approuva et gravit l'escalier en quatre foulées.

Une fois dans sa chambre, il bloqua la porte à l'aide d'une chaise, griffonna le papier manquant et le disposa au centre de son puzzle.

Il reprit son cheminement logique depuis le début et arriva bien à la même conclusion que celle ébauchée dans le bureau du maire.

Par précaution, il ramassa tout ce fatras et le fourra dans son armoire.

Puis il descendit rejoindre sa compagne. Il ne se demanda pas plus longtemps pourquoi il éprouvait quelques maux de ventre. Il avait sauté le repas de midi et la perspective de déguster une « Amandine » le travaillait très certainement.

Pendant le trajet, la religieuse voulut savoir ce

que Ted avait fait pendant la matinée et s'il avait mis au jour de nouveaux éléments.

Le dramaturge n'en souffla mot avant d'être à table, une bolée de cidre à la main et une crêpe à l'amande dans son assiette.

— J'ai appris à Buisson que son bateau reposait à présent au large des côtes de Rothéneuf.

Il dévora son plat en deux bouchées et en commanda un autre. Sœur Claire n'avait toujours pas touché à sa « beurre-sucre ».

— Et puis j'ai également découvert *qui* avait préparé ce plan diabolique.

Cette phrase, énoncée sur un ton tout à fait neutre, eut son petit effet. Ted n'affectionnait guère ses effets d'histrion, mais il voulait observer la réaction de la religieuse. Celle-ci manqua avaler de travers.

— Et *qui* l'avait exécuté, ajouta l'écrivain.

— Et vous n'avez même pas prévenu la gendarmerie ? Mais pourquoi ? Qu'attendez-vous ? Ce fou devrait déjà croupir dans une geôle sale et humide à l'heure qu'il est !

Elle s'emballait. Ted n'aurait pas cru possible d'entendre cette dernière phrase de la bouche d'une femme d'Église.

— Il faut que tout le monde sache que vous avez réussi, que tout le monde apprenne que vous avez triomphé des fantômes de Saint-Malo !

Mais Ted n'était pas pressé. Il avait son plan et devait le lui exposer car elle en était un des rouages essentiels. Il attendit l'arrivée de sa seconde crêpe pour commencer.

Au bout de quelques minutes, son interlocutrice s'impatienta.

— Mais allez-vous enfin me dire de *qui* il s'agit ? Et surtout, quel est ce mystère entourant le bateau translucide.

— Ce n'est pas si simple. En fait, le coupable n'est pas une seule et même personne...

Il développa son exposé devant la nonne, littéralement subjuguée.

Son intuition de la veille était la bonne. Alors que l'enquête s'embourbait et que la piste du chenil s'était arrêtée net à cause des précautions prises par l'assassin, lui s'était promis de désigner le coupable avant la nuit.

Et c'était exactement ce qu'il s'apprêtait à faire.

19

Le colonel Arlington avait reçu le mot de Scribble un peu avant 17 heures. C'était un garçon en culottes courtes, d'une dizaine d'années à peine (il crut reconnaître le fils du boucher de la rue du Boyer), qui lui donna le message signé par le détective.

« Sir Arlington, votre présence est requise de toute urgence à la gendarmerie pour l'enregistrement des paroles d'un suspect. »

En premier lieu, le militaire fut étonné. Pourquoi était-ce son invité qui lui envoyait cette convocation et non pas le brigadier Lunebleue ? Il réfléchit quelques instants puis se rendit à l'évidence : il n'avait aucune légitimité d'assister à cet interrogatoire. Ce message était une invitation informelle.

La missive parlait d'un « suspect ». Il y avait fort à parier. Le marchand s'en réjouit.

Il servit ses clients avec célérité, mais sans empressement, puis prit son imperméable et sa canne.

— Je pars pour la gendarmerie, expliqua-t-il à son aide de camp. Mr Scribble a arrêté un suspect.

Demande aux clients de repasser dans une heure. Qu'ils n'hésitent pas à faire leur choix d'ici là ! Ce n'est pas dans mes habitudes de laisser ma boutique un jour de grande affluence, mais dans ce cas précis la situation est grave, je ne peux me permettre d'être passif !

L'Indien objecta que personne n'avait pu capturer le ou les coupables car on ne pouvait emprisonner les esprits maléfiques, à moins de sacrifier un homme impur sur les lieux des drames et d'en manger son cœur.

— Tu as raison, mon bon Farrokh, mais tu sais combien les Français sont attachés à leurs droits.

Sur ce, il sortit, espérant que son absence fut de courte durée et que ses clients potentiels attendraient son retour pour leurs emplettes aux « Feuilles Divines ».

Il força la cadence et atteignit la gendarmerie en à peine un quart d'heure.

Le gendarme de faction reconnut immédiatement l'Anglais et lui indiqua le premier sous-sol, là où du monde l'attendait.

L'escalier était raide et le colonel manqua trébucher à deux reprises. Il se sentait à la limite de ses capacités. Sa hanche commençait à le tirailler et ce n'était pas bon signe. Il devrait se ménager dans les prochains jours.

Un brouhaha s'échappait de la première salle sur sa droite. Il y pénétra sans se faire prier.

— Ah, colonel !

C'était la voix de Scribble. Le détective était debout près d'une chaise tournée vers le mur opposé. Quelqu'un était ligoté dessus, mais le vieil homme ne put apercevoir sa figure. Tout autour, il retrouva les visages familiers de Lunebleue, de M. Buisson, le maire, d'Alfred Poucemeule, son fidèle adjoint ainsi que le joli minois de cette religieuse qui avait refusé son invitation la veille de rester coucher dans son appartement. La pièce aux murs sombres était humide et froide.

— Nous n'attendions plus que vous ! déclara le détective, jovial. Le brigadier a arrêté notre suspect, devrais-je dire notre coupable, il y a une demi-heure à peine. Avec une efficacité redoutable.

— La tactique du gendarme, Mr Scribble, énonça le gradé, c'est de bien observer sans se faire remarquer.

— Nous l'avons gardé au chaud en attendant votre venue. Je vous remercie pour votre diligence. J'ai hâte d'en découdre.

L'alchimiste des thés n'avait toujours pas su de qui il s'agissait. Il fit quelques pas de côté pour mieux voir.

Mme Peignefin, la diseuse de bonne aventure, qui allait atteindre les cent ans dans quelques mois, était ligotée telle une paupiette dans une marmite.

Cela paraissait ridicule qu'une petite femme aussi chétive et folle à ce point puisse être le cerveau de cette opération d'envergure !

— Ça pue l'Anglais ici ! brailla la prisonnière en voyant s'approcher le marchand. J'espère que vous avez révisé les tortures de votre Cromwell[1] car je serai aussi résistante que l'Écossais et l'Irlandais !

---

1. L'instaurateur de la seule période républicaine en Angleterre au XVIIe siècle est resté tristement célèbre pour sa grande cruauté vis-à-vis des Écossais et des Irlandais durant ses innombrables conquêtes.

Je ne risque pas de parler de mon plein gré, vous pouvez toujours vous brosser !

— Oh ! s'indigna l'édile devant une telle familiarité.

— Il ne s'agit pas pour vous de vous exprimer, madame Peignefin, mais simplement d'écouter mes questions et d'y répondre.

— C'est votre droit le plus strict, siffla-t-elle. Nous autres, républicains, sommes très attachés à la liberté d'expression. Mais ce ne sera pas un Anglais qui me dictera ma conduite dans une geôle malouine !

— Oh ! s'exclama l'édile dont le vocabulaire semblait se limiter en cette fin d'après-midi à quelques onomatopées.

Ted, sans se départir de son sourire, farfouilla dans sa poche et en sortit un calot.

— C'est bien dans cette boule que vous lisez l'avenir ?

La vieille femme secoua la tête et cracha à terre.

— Ne mentez pas ! s'emporta Lunebleue. Nous l'avons trouvée dans votre chambre, entourée de cierges !

Le détective réitéra sa question, mais n'obtint toujours pas de réponse.

— Si vous refusez de collaborer pacifiquement, nous allons vous torturer ! s'emporta Buisson. Ne vous trompez pas, sorcière ! Le mal qui est en vous s'évacuera forcément sous la trique !

Poucemeule glissa quelques mots à l'oreille du maire qui se tut aussitôt.

— C'est elle qui a coulé mon bateau, murmura-t-il si fort que tout le monde entendit.

Le militaire était peiné par cette situation. Il s'approcha de Ted.

— Mais êtes-vous bien sûr de la culpabilité de cette femme ? lui glissa-t-il.

— Tout me porte à le croire, sir.

Le vieil homme s'impatientait devant les effets du détective. Il ne soupçonnait pas Scribble adepte de ce genre d'artifice. En somme, si Peignefin était coupable, eh bien, qu'on l'arrête et qu'on prévienne les Malouins et la presse ! Lui se chargerait d'envoyer un télégramme au roi pour lui apprendre l'heureuse nouvelle et demander l'anoblissement du détective comme il se l'était promis. Mais toutes ces minutes de perdues dans cette cave, c'était autant de clients insatisfaits. Le marchand était sûr que les Anglais allaient arriver par le ferry de dix-huit heures et savourait à l'avance le bruit de froissement des billets de sa monnaie nationale entre ses mains. Voilà ce que serait son jour de gloire : le jour où sa caisse contiendrait plus de livres sterling que de francs.

En somme, si on n'avait pas besoin de lui ici, il allait prendre congé. Mais il ne pouvait se défiler si vite. Cela vexerait très certainement son invité.

L'écrivain sortit la maquette miniature d'un bateau. Incidemment, un morceau de papier tomba à terre sur la chaussure gauche du militaire. Il se baissa pour le ramasser et s'apprêta à le tendre à son propriétaire lorsqu'il lut par transparence le mot « thés ». Ce qui l'intrigua plus que de raison. Et si ce papier parlait de lui ? Il devait en avoir le cœur net. Comme tous les regards étaient dirigés vers la prisonnière, il empocha subrepticement la petite feuille, puis fit semblant de tousser fortement pour attirer l'attention.

— Je m'excuse bien, mais ma hanche me tiraille depuis tout à l'heure et il serait souhaitable que je m'assoie une minute ou deux.

— Il y a un banc dans le couloir, fit le brigadier. Vous frapperez trois coups pour qu'on vous ouvre.

Le marchand s'excusa de nouveau et sortit de la pièce humide. Il frissonnait.

Sans attendre, il déplia le mot.

« J'ai quelques révélations à vous faire sur l'homme qui empoisonne la ville avec ses thés. Rendez-vous à l'hôtel du Balais, près du tribunal, à 18 heures très précises. »

Par tous les lords d'Angleterre et leurs saintes descendances ! Voilà qu'un corbeau envoyait des messages au détective à son sujet. Mais *qui* avait l'audace de le faire ? Maintenant qu'il avait subtilisé le message, il ne pouvait décemment pas demander sa provenance à Scribble !

Il chancela jusqu'au banc et s'y effondra. *Qui* avait intérêt à jeter l'opprobre sur lui ? Pourquoi l'accuser d'empoisonner Saint-Malo avec ses thés ? C'était une attaque fausse et mensongère, une calomnie si loin de la vérité qu'il ne pouvait accepter.

Il se demanda quelle était la meilleure tactique à adopter face à cette situation. Son esprit de militaire lui permit de synthétiser le tout en quelques secondes et de peser le pour et le contre dans le même temps. Lorsqu'il commandait des légions entières en Inde, il ne tergiversait jamais devant les troupes ennemies. C'est ce qui lui avait fait gagner ses plus prestigieuses batailles, contre l'avis même de ses supérieurs hiérarchiques.

Première manœuvre : remettre à sa place le message destiné au détective pour ne pas qu'il s'aperçoive de sa disparition et suspecte quoi que ce soit.

Seconde manœuvre : se rendre au rendez-vous incognito, démasquer ce fichu corbeau et lui faire ravaler ses menteries.

Troisième manœuvre : agir en conséquence des révélations et du comportement de Scribble suite à cette rencontre.

Problème : il ne pouvait se permettre de fermer une fois de plus sa boutique alors que le bateau anglais arrivait au port à la même heure.

Mais il savait comment remédier à cette contrainte sans grande difficulté.

À cet instant, il entendit un bruit de verrou. La porte de la salle d'interrogatoire s'ouvrit et tout son petit monde en sortit en file indienne. Les visages ne rayonnaient pas, c'était le moins qu'on puisse dire.

— Il va me falloir trouver l'élément manquant par mes propres moyens si cette femme s'obstine dans son silence ! soupira le dramaturge. Je me donne le début de la soirée pour cela. Je vous retrouverai ensuite ici même.

Le colonel se leva et rejoignit le groupe. Il devait remettre adroitement le message en place.

— Je suis désolé pour tout à l'heure... C'est parce que j'ai presque couru depuis la rue de Vauborel et ma hanche ne supporte plus de telles sollicitations.

Il s'approcha du détective et se prit le pied exprès contre une pierre du sol. Il se laissa tomber en avant et se raccrocha tant bien que mal au veston de Scribble. En se relevant, il glissa le bout de papier froissé dans sa poche d'origine.

La religieuse s'était précipitée vers lui et l'aida à se stabiliser.

— Vous êtes bien aimable.

Il épousseta son costume et sortit sa montre à gousset. Il était 17 heures 30 passées. Il n'y avait plus de temps à perdre. Du reste, le détective devait être également bien impatient de quitter les lieux.

— Retournez-vous à la boutique, Mr Scribble ? demanda-t-il.

— Oui. Il faut que je passe prendre quelque chose dans ma chambre.

— Alors, rentrons ensemble ! fit l'alchimiste. Si une défaillance survient, je pourrai toujours m'appuyer sur vous.

L'ex-feuilletoniste hocha la tête.

— Sœur Claire nous accompagne ?

— J'ai une course urgente à effectuer en ville, prétexta-t-elle.

Ils remontèrent ensemble l'escalier menant dans le hall d'entrée, laissant derrière eux Mme Peignefin qui hurlait dans sa geôle des grossièretés sur monsieur le maire. Ce dernier avait le visage aussi rouge que le drapeau de la seconde Internationale et menaça, si les insultes continuaient à pleuvoir, de redescendre avec un pistolet pour brûler la cervelle de la vieille femme.

Le petit groupe s'éparpilla sur les marches de la gendarmerie, le brigadier Lunebleue étant le seul à rester dans les locaux.

Le temps était limite pour le colonel de rentrer se changer avant de se rendre devant l'hôtel du Balais. À 18 heures bien précises, il y serait.

20

Six coups s'égrenèrent du haut de la cathédrale Saint-Vincent. Profitant d'une période d'accalmie, le colonel Arlington s'assit quelques instants derrière son comptoir pendant que Farrokh remettait en place quelques boîtes et donnait un coup de plumeau.

Ted descendit de sa chambre et rejoignit son hôte qui ne fut pas même surpris qu'il se faufile derrière la caisse.

— Il paraît qu'une tempête se prépare pour ce soir, annonça le détective.

Le marchand grogna un vague assentiment.

— Mme Peignefin cachait rudement bien son jeu, vous ne trouvez pas ? Une vieille femme si fluette qui a mis au point toutes ces horreurs et qui dirigeait ses sbires avec une telle poigne, cela ne doit pas courir les rues. Il me tarde d'en découdre avec elle. J'étais en train de réfléchir sur mon lit, mais je commence à saturer, voyez-vous ! C'est comme lorsque je passe des journées entières penché sur mes pages blanches, la plume à la main. Il y a un moment où vous croyez être encore productif alors que ce qui sort de votre esprit n'est qu'une bouillie infâme et illisible.

Le militaire évitait de croiser les yeux de son invité.

— C'est pourquoi je m'accorde une petite pause. J'ai vu le dernier client partir et je me suis dit qu'il est grand temps que j'achète quelques-unes de vos compositions pour en ramener à Londres. Mes amis amateurs me béniront pour cette initiative.

— Qui vous parle de payer ? fit l'ami du roi, d'une voix plus rauque qu'à l'habitude. La maison vous les offre, cela va de soi.

— Vous vous êtes enroué hier soir pendant notre traque ? demanda hypocritement Ted.

— Oui. L'air du soir ne m'a jamais réussi. Je vais envoyer Farrokh chez l'apothicaire.

Ted se leva et indiqua les quelques mélanges qui l'intéressaient.

Sir Arlington n'était plus volubile. Il n'en faisait plus des tonnes et se contenta de le servir aimablement. L'Indien avait terminé son ménage et demanda l'autorisation de regagner sa chambre. Son maître le lui accorda d'un simple geste après lui avoir demandé d'amener les boîtes demandées par son invité.

Le marchand remplit méticuleusement chaque sachet et inscrivit sur une petite étiquette dorée le nom du thé. Pendant ce temps-là, le dramaturge faisait les cent pas dans la boutique et regardait sa montre deux ou trois fois par minute.

— Puis-je vous demander une faveur, mon colonel ?

Le gentilhomme leva la tête. Scribble était revenu se coller au comptoir.

— Vous m'avez fait goûter ce midi un thé merveilleux... Une de vos nouvelles compositions que j'ai aimées comme je n'ai jamais aimé un thé. Vous m'avez dit qu'il n'était pas question de le vendre aux clients lambda avant demain... Mais vous feriez bien un geste pour moi, n'est-ce pas ? Demain tout sera terminé et je reprendrai le bateau pour Portsmouth, alors...

Le vieil homme réfléchit une seconde avant de livrer sa pensée :

— Je peux bien faire ça pour vous. Lequel était-ce ?

Ted se gratta le menton.

— Celui parfumé à la réglisse et à la menthe poivrée. « Sang sur les Remparts », il me semble...

— C'est cela ! Juste une petite minute.

Il partit dans la réserve sans même prendre sa canne. À cet instant, la porte de la boutique s'ouvrit en grand et claqua contre le mur. À bout de souffle, sœur Claire fonça sur Ted.

— Le colonel était bien au rendez-vous et y est encore à l'heure qu'il est ! Il s'est habillé comme un malandrin et attend derrière un pilier du théâtre...

La clochette tintait toujours lorsqu'elle vit le militaire revenir nonchalamment de la réserve.

Elle écarquilla les yeux de stupeur.

— Mais... c'est impossible, bredouilla-t-elle. J'ai couru tout le long du chemin et vous êtes déjà là, colonel... Et ce costume... Vous avez eu le temps de vous changer ?

— Ce n'est pas le colonel, fit posément Ted.

Le marchand déposa le sachet de thé derrière le comptoir.

— Levez les mains bien haut, Arlington !

ordonna le détective qui dégaina un pistolet de derrière sa veste.

— Restez où vous êtes ! Et ne tentez rien ! Le petit cours à propos du cran de sûreté avant de partir sur le Grand-Bé m'a été très profitable. Je peux vous assurer que le pistolet est prêt à tirer.

La lumière laiteuse de cette fin de journée éclairait la scène avec étrangeté. Le militaire demeura muet, ne cherchant même pas à se défendre. Sœur Claire s'en chargea :

— Mais enfin, Ted ! Vous êtes devenu fou ? Vous pointez une arme chargée sur votre compatriote... Sur un invalide qui plus est !... Vous devriez avoir honte !

— Il n'est pas le colonel Arlington, mais son frère jumeau ! Et il ne boite pas.

Ted se tourna ensuite vers l'homme.

— N'ai-je pas raison, Arlington ? lui demanda-t-il d'un air narquois.

— Que Dieu vous maudisse ! lança l'imposteur d'une voix plus grave encore.

— Sœur Claire, prenez de la ficelle derrière le comptoir et attachez solidement les mains et les chevilles de notre hôte. Ne vous inquiétez pas, je le tiens en joue. Au moindre mouvement suspect de sa part, il ira rejoindra les deux victimes de ses chiens fous.

Sœur Claire s'exécuta. Ce tableau d'une religieuse qui ligotait un vieil homme fit presque sourire le dramaturge.

— Mais alors, sir Arlington, je veux dire le vrai, était bien au rendez-vous ?

— Oui. Mais je pense qu'il a dû sentir le coup

fourré peu de temps après votre départ et qu'il doit tout juste rentrer à l'heure qu'il est...

La nonne tira à plusieurs reprises sur la ficelle pour s'assurer que le nœud était bien fait.

— C'est impossible, souffla-t-elle. Dans ce cas, nous l'aurions vu venir...

— Non... comme nous n'avions jamais vu sortir son frère. Il doit exister un passage secret entre l'atelier où vivait le jumeau et la rue. Ainsi, ils ne prenaient jamais le risque de se croiser.

— Vous voulez dire que personne ne connaissait l'existence de son frère jumeau ?

— Peut-être Farrokh, répondit Ted, et encore j'en doute.

Il se rapprocha du captif.

— Où est la clef de l'atelier ? demanda-t-il.

Il n'obtint aucune réponse.

— Si vous vous murez dans le silence, je ne témoignerai jamais en votre faveur devant la justice. Réfléchissez bien, Arlington... Vous buter contre moi ne vous mènera à rien... Au procès, je pourrais vous défendre en arguant que vous n'aviez été que l'exécutant et que c'était votre frère qui en était le véritable cerveau des basses œuvres... Je pourrais vous être redevable de votre coopération future et ainsi alléger votre peine...

Le jumeau abaissa son regard dur pour orienter ses yeux vers la poche gauche de son élégant gilet.

Ted, en conservant le pistolet braqué, en extrait la fameuse clef.

— Restez là pour le surveiller, ordonna-t-il à la nonne. Je vais neutraliser son frère, le *vrai* colonel Arlington.

Il descendit les marches avec précaution, puis déverrouilla la porte.

— Douglas ? C'est toi ? fit le vieil homme tout en délaçant ses godillots. Scribble n'était pas au rendez-vous devant l'hôtel. Je ne comprends rien !

N'ayant pas obtenu de réponse, le militaire leva enfin la tête. À ses yeux se matérialisait, non pas son frère mais le détective anglais, la main prolongée par une arme à feu.

— Sortez, sir Arlington. Gentiment. Laissez votre canne ici et suivez-moi. Je vais sortir à reculons et vous monterez sagement l'escalier après moi.

— Où est Douglas ? bafouilla-t-il.

— Il est en haut, ligoté, et sous la surveillance d'une sainte femme, n'ayez crainte.

Le gentilhomme, en chaussettes, gravit péniblement les marches, le canon du pistolet dirigé vers son front.

Ted observait son visage. Aucune haine, aucune tristesse ne s'y reflétaient. Alors qu'ils atteignaient le haut de l'escalier, il y décela même une grande joie. L'alchimiste souriait franchement. Trop franchement. Ted eut l'audace de se retourner.

Farrokh se tenait en haut des marches et levait un poignard effilé sur le détective, une lueur sadique dans le regard.

21

Fort heureusement, la religieuse n'avait pas dit son dernier mot. Prestement, elle saisit une grosse bonbonne et l'abattit de toutes ses forces sur la tête de l'Indien, qui lâcha son couteau.

Il porta instinctivement ses mains sur son turban avant de s'écrouler dans un vacarme assourdissant. Au moment de sa chute, tous les couvercles des boîtes sautèrent en l'air puis retombèrent à leur place.

Il plut des feuilles de thé pendant quelques secondes avant que Ted ne reprenne complètement le contrôle de la situation.

Une douce odeur d'orange régnait à présent dans la boutique. Le détective la sentit après avoir essuyé la sueur qui perlait sur son front.

Sœur Claire reposa dignement le récipient sur le sol non sans avoir lorgné le nom de son contenu. « Délice du Maharadjah ». Une appellation de circonstance.

— Continuez d'avancer, sir Arlington. Et chassez-moi ce vilain sourire de votre visage.

Scribble pouvait remercier la religieuse pour son

intervention. Sans elle, il aurait à l'heure actuelle un couteau planté dans le cœur.

Elle prenait à présent des initiatives et ficelait l'Indien toujours au sol.

— Je ne pense pas qu'il se relève, fit Ted. Vous ne l'avez pas raté ! Ne vous attardez pas, le malheureux n'aurait pas de difficulté à trancher les cordages d'un coup de dent. Occupez-vous vite de celui-ci !

Ted attendit que les deux jumeaux soient ligotés pour poser enfin son arme à feu sur le comptoir. Il l'avait tenue si fort que la marque de la crosse était imprimée dans sa main.

La ressemblance entre les deux hommes était saisissante. Il ne se rappelait pas avoir déjà vu une telle similitude entre deux personnes. Excepté la voix et le boitement, on aurait pu les confondre en tous points : la même taille et la même corpulence, les même rides aux coins des yeux et sur le front, la forme identique des yeux. C'était sans évoquer la coupe de cheveux et de la moustache.

En regardant attentivement, on pouvait déceler une subtilité dans les deux regards. Celui du colonel était bien plus franc que celui de son frère. L'autre fuyait, c'était indiscutablement un faible. Et puis leur intensité divergeait.

La religieuse et le détective se sentaient presque mal à l'aise face à ces deux hommes qui se distinguaient seulement par leurs vêtements. Veste pauvre pour le colonel et costume de luxe pour son frère. Il ne fallait pas se tromper.

— Le papier, c'est vous ! marmonna l'alchimiste. Je viens de comprendre... Vous m'avez manipulé !

— Exact ! fit Ted.

Il firent asseoir les deux hommes sur des caisses, tandis que lui resta debout, face à eux.

— C'était à mon tour de jouer avec vous ! Vous aviez suffisamment abusé de moi avant ce soir.

— Mais pourquoi es-tu allé au rendez-vous si Scribble était ici ? demanda le jumeau.

— Tais-toi, imbécile ! cracha le militaire. Comment voulais-tu que je le sache ? Je suis sorti par notre passage, je n'avais aucun moyen de vérifier. Je n'avais aucun doute sur le fait qu'il aille au rendez-vous avec ce délateur, à moins qu'il se le soit fixé à lui-même.

— *Touché*, sir Arlington. Il me fallait trouver un moyen de vérifier ma supputation. Je vous ai vu à la mairie hier alors que je venais juste de vous quitter ici. Il s'agissait de votre frère bien sûr qui sortait d'un bureau. Ne croyant pas au don d'ubiquité, il fallait me faire une raison : il n'était pas pensable d'imaginer que vous soyez parti après moi et arrivé avant, donc il y avait bien deux Arlington. Après tout, le truc des jumeaux, c'est vieux comme le monde. Ce qui est intéressant, c'est la façon dont tout cela est amené.

Il marqua une pause. Les visages des deux hommes restaient impassibles.

— Il me restait donc à vérifier cette hypothèse. Le stratagème du papier m'en a donné l'occasion. Je vous ai fait venir à la gendarmerie sous le prétexte fallacieux d'assister aux aveux de Mme Peignefin. Bien entendu, elle n'était coupable de rien, sinon de ne pas mâcher ses mots en parlant du maire de votre ville. Elle s'est prêtée à mon petit jeu avec bonheur quand je lui ai dit qu'il s'agissait de vous jouer un mauvais tour. C'est à elle que j'ai dicté la phrase inscrite sur le papier en vous mettant mystérieusement en cause. J'ai fait exprès de le laisser tomber comme si de rien n'était, puis de m'assurer que vous le remisiez par-devers vous. Intrigué, vous n'auriez certainement pas laissé à votre frère le soin de se cacher près du lieu de rendez-vous et d'épier la conversation. Partant du principe que je serai sur les lieux et non pas à la maison, vous avez pris le risque de permuter les rôles avec votre frère. Vous avez échangé vos costumes et le tour est joué ! Sauf que j'étais toujours enfermé dans ma chambre ! C'est sœur Claire que j'ai envoyée là-bas. Elle a pour consigne de revenir le plus vite possible lorsque 18 heures sonnent à la cathédrale Saint-Vincent. Pendant ce temps-là, je suis descendu dans la boutique et j'ai essayé de piéger habilement votre frère. Ce ne fut pas difficile.

— Continuez, Mr Scribble, fit le militaire d'une voix presque suave.

— Au tout début, je me suis posé la question s'il ne s'agissait pas vraiment de vous. Et puis il y a le timbre de la voix qui me rassure. Votre frère a tout fait pour éviter de m'adresser la parole, mais il n'a pu tenir tout du long.

— Pardonne-moi, Desmond. Mais j'étais si étonné de le voir... Je croyais qu'il était avec toi devant l'hôtel du Balais.

Le gentilhomme haussa les épaules de dépit.

— Ce fut la même chose pour ce qui était de la canne. Il resta assis le plus longtemps possible. Quand je lui ai demandé quelques sachets pour le voir marcher, il a ordonné à Farrokh de lui apporter les boîtes. Ce n'est qu'un peu plus tard qu'il se trahit, et de quelle manière ! Je l'ai presque supplié de m'emballer quelques feuilles de votre dernière composition, sir Arlington. Il s'agissait du « Sang sur les Remparts », menthe poivrée et réglisse.

— Ce n'est pas juste ! s'insurgea l'alchimiste. Le thé que vous venez de nommer s'appelle « Parfum de Peur dans la Tempête ».

— Exact, sir. Et c'est précisément cette faute que commit votre jumeau. S'il avait appris par cœur le nom, le parfum et l'emplacement de chacun des thés, il ignorait tout de vos nouveau-nés !

— Et c'est à cet instant crucial que je suis arrivée ! ajouta la nonne.

— Je peux bien vous avouer que mon anxiété montait au fur et à mesure que le temps passait. Car vous déteniez la preuve irréfutable de l'existence de jumeaux ! Quand j'ai croisé votre regard au moment où vous découvriez votre frère, j'ai su que j'avais encore vu juste ! Le reste, vous le connaissez pour l'avoir vécu en notre compagnie.

— C'est très astucieux, Mr Scribble, fit le militaire. Le roi sera très fier de vous ! Et la presse va encore vous monter au pinacle ! Si mes mains n'étaient pas ligotées, je vous applaudirais franchement !

Le détective s'assit à son tour, aussitôt imité par sa compagne. Il éluda cette remarque ironique d'un revers de la main.

— Évidemment, je devais reconsidérer mes présomptions à votre égard. S'il était impossible de soupçonner le colonel Arlington — atteint à la hanche pendant la guerre —, pour tous ses forfaits, il était concevable de soupçonner son jumeau, d'autant plus que vous vous débarrassiez du même coup de la recherche d'un alibi !

La religieuse ne perdait pas une miette de l'exposé.

— Le soir où l'on tirait le second boulet de canon sur la ville, expliqua Scribble, vous étiez avec moi au concert. Il vous était donc exclu d'être sur Cézembre au même moment. Pour ce qui est du goudron sur les statues, je ne peux me prononcer, étant retenu contre mon gré sur le Grand-Bé ; mais le soir suivant, quand nous avions organisé ce guet-apens, vous étiez absolument sûr que les chiens viendraient à nouveau sur les remparts. Et pour cause. Il vous suffisait d'ordonner à votre frère de les sortir.

— Votre raisonnement est parfait, Mr Scribble, ricana le marchand. D'ailleurs, cet idiot s'est trahi le soir lorsque vous nous quittiez pour vous rendre sur la tombe de Chateaubriand. Vous avez frappé à la porte de l'atelier en croyant me trouver et mon frère vous a appelé par votre prénom à travers la porte, chose que je n'avais jamais faite auparavant ni ensuite.

Le frère en question restait désespérément muet depuis sa dernière intervention. L'écrivain continua donc :

— En me remémorant ces éléments, il était loisible de vous inculper. Non pas seulement vous, mais votre frère compris. Seulement il me fallait un mobile. Ce fut un vieux loup de mer qui me le fournit lors de ma promenade matinale. Le bougre se plaignait de voir débarquer dans sa ville des touristes non pas seulement français, mais de l'Europe entière. Et d'Angleterre également... Un détour par le kiosque m'apprit qu'on suivait assidûment la progression de mon enquête ici alors que j'étais parti de Londres incognito. La raison s'imposa à moins que quelqu'un avait orchestré tout ce cirque en m'invitant pour que les journaux soient aguichés par ma présence et couvrent ainsi l'événement pour toute l'Angleterre. Et qui d'autre que vous aurait eu cet intérêt, sir Arlington ? Combien de fois vous êtes-vous déclaré insatisfait par votre situation alors que « Les Feuilles Divines » est le magasin le plus lucratif de Saint-Malo ? Simplement parce qu'aucun de vos compatriotes ne venait vous acheter votre thé... Si Ted Scribble, alléché par l'odeur du meurtre et convié par son roi en personne, se rendait à Saint-Malo, si vous vous chargiez vous-même de la correspondance par télégramme avec les journaux, ce serait une aubaine, une publicité conséquente à très peu de frais ! C'est par bateaux entiers que débarqueraient les touristes anglais pour venir voir leur détective favori au travail... *Hic fecit, quid prodest*[1].

Le vieil homme sourit.

— C'est exact, une fois de plus. Je rédigeais les articles la nuit, prétextant préparer de nouveaux mélanges.

— Et vous insistiez lourdement dans chacun d'entre eux sur votre commerce ! Ce n'est donc pas le roi qui m'a envoyé ici, déclara Ted, mais c'est vous qui avez demandé au roi de le faire ! C'est cela le « petit service » auquel il fait allusion dans son télégramme.

— Mais alors pourquoi, si vous êtes à l'origine

1. Ted, en latiniste distingué, aime cette formule qui pourrait se traduire par « le crime profite toujours au coupable ».

de cette machination, avez-vous continuellement cherché à aider Mr Scribble ? demanda sœur Claire.

— C'est parce qu'il m'est encore plus utile vainqueur. Et c'est aussi pourquoi je n'étais pas rassuré lorsqu'il s'est rendu sur l'île pour vous retrouver ou lors de votre expédition sur Cézembre. Heureusement, j'ai bien vu que vos intentions étaient pures et que vous ne cherchiez, vous aussi, que la vérité ! En somme, vous avez tous deux travaillé pour moi...

— Vous êtes abject ! cracha la religieuse. Pourquoi avoir assassiné votre ami le comte de Monbalait ?

— Parce qu'il me fallait un prétexte aux yeux de la municipalité pour faire venir Scribble. Pourquoi serais-je ému par le meurtre d'un sans-logis au point d'en écrire au roi d'Angleterre ? Mais la mort d'un des industriels les plus riches de France, un grand ami qui plus est, légitimait ma démarche.

— Vous dites vouloir me maintenir en vie coûte que coûte, mais alors pourquoi ce sourire de ravissement quand Farrokh a brandi son poignard au-dessus de moi tout à l'heure ?

— J'avais tort en effet, mais je m'en suis aperçu trop tard ! J'aurais dû vous faire écrire la solution finale sur un papier, ou bien l'écrire moi-même en contrefaisant votre écriture, et vous supprimer avant de la diffuser aux journaux. Ainsi, ma boutique serait devenue un véritable mausolée ! On y serait venu en pèlerinage pour vous rendre hommage et découvrir les lieux de votre dernière enquête ! J'aurais créé un thé à votre nom et il aurait assurément fait un tabac.

Ted sut à cet instant que le militaire souffrait d'un

vrai déséquilibre mental. Il continua son explication pour sœur Claire :

— Après avoir identifié les assassins et découvert leur mobile, il ne me restait plus qu'à rassembler les indices disséminés un peu partout pour parvenir à reconstituer leur *modus operandi*. Commençons par les chiens. Le colonel les a achetés anonymement au propriétaire du chenil de Saint-Servan qu'il savait peu scrupuleux vis-à-vis de la loi. Son frère les sortit une première fois et choisit cette proie facile du clochard. La seconde fois, on lui désigna le comte de Montbalait. Il suffisait de dire un mot aux molosses pour les transformer en bêtes sanguinaires. Ce n'était pas difficile... (Se tournant vers sir Arlington, Ted demanda :) Je suppose que vous gardiez les chiens dans votre cave ?

— Elle est très profonde, répondit le gentilhomme qui jubilait à chaque révélation du détective. C'est un bel endroit. Sortie secrète et vieille geôle... Que peut-on rêver de mieux ?

— Lors de la troisième sortie, tout était manigancé pour que ce soit votre groupe, sœur Claire, qui trouviez l'animal. Il n'y avait qu'un seul chien car je suppose que l'autre était mort...

— Oui, répondit Douglas Arlington. Mort après avoir dévoré le comte. Ça reste un mystère pour moi.

— Et c'est pour cela que vous avez hésité de sortir le survivant. Non pas par peur des gardes de Lunebleue, mais parce qu'il déprimait et refusait d'obéir. D'où l'enchaînement illogique des incidents et la fin de semaine sans rien. La sortie suivante ne pouvant s'opérer que sous un contrôle très strict, vous proposiez cette fameuse idée du guet-apens qui ne consistait pas à capturer votre frère, bien sûr, mais à capturer un chien et à remonter jusqu'au chenil.

L'ami du roi reconnut les faits.

— Que dire au sujet du goudron et des draps noirs ? J'ai bien cru que Farrokh vous avait aidé, puis je me suis dit qu'il devait être soigneusement tenu à l'écart. Il pouvait parler à tout moment. On ne connaît pas le mensonge chez ce peuple, ou bien on a la langue coupée. Nous aurions plus de leçons à prendre sur eux au lieu de leur imposer notre vision pernicieuse de la société. Je suppose que vous cousiez les étoffes dans l'atelier, Douglas ?

Le jumeau hocha la tête.

— Et c'est vous qui avez répandu le goudron sur les statues ?

— Oui. Ça n'a pas été facile car il fallait attendre la relève des gardes et recouvrir les trois statues en à peine une demi-heure.

— Mais le résultat fut au-delà de vos attentes, grinça Ted.

Puis il enchaîna :

— Nous arrivons donc au mystère numéro un. Le plus ingénieux et de loin, même s'il s'agit de celui qui porte le moins à conséquences puisqu'il n'a détruit que quelques pierres. Le vaisseau fantôme et ses boulets de canon !

Sœur Claire se rapprocha pour ne pas perdre un mot. Ted s'adressa à elle :

— La solution se trouvait sur Cézembre bien sûr. Le soir de ma nuit sur le Grand-Bé, j'ai vu une barque revenir vers Saint-Malo. La visite de l'île devient à cet instant-là une réelle nécessité. Je ne vous rapporte pas notre conversation avec le curé

Bonenfant, ni même la découverte du canon puisque vous y étiez avec moi. Ce qui m'importe aujourd'hui, c'est d'attirer votre attention sur la présence d'un grand drap blanc et de grandes poutres dans la chapelle. Je ne fus pas convaincu par son explication quant à la rénovation de l'édifice. Pour moi, il était de mèche avec l'artificier, Douglas en l'occurrence, et nous cachait bien des choses.

Ted commençait à avoir la gorge bien sèche, mais il continua, s'adressant cette fois au colonel :

— La découverte d'une bobine de cinématographe derrière le comptoir me mit la puce à l'oreille. Vous aviez très certainement oublié de la cacher. Car là était toute l'astuce : le bateau n'était pas réel. C'était une simple projection sur un grand drap blanc que dressaient le curé et Douglas avant chaque coup de canon. C'est pourquoi le mot translucide revenait souvent, comme cette impression du halo blanc, du rectangle blanc, pourrait-on dire.... Quand père Bonenfant tournait la manivelle et projetait le film à travers une lunette grossissante pour qu'il soit visible depuis Saint-Malo, l'autre tirait le projectile ! L'illusion était parfaite...

— Mais comment s'était-il procuré un tel procédé ? s'étonna la nonne.

Ted ignora l'interruption de sœur Claire.

— Les Frères Lumière avaient envoyé des correspondants non loin de chez vous, dans une grotte près de Dinard, qui s'enfonçait dans une falaise. C'est à ce moment-là que vous avez pris contact avec eux.

— Chapeau, Mr Scribble ! Décidément, vous vous rapprochez à grands pas de votre anoblissement. J'ai tout de suite été fasciné par cette machine et je me suis procuré une à grands frais lors d'un voyage à Lyon. La bande m'a été fournie par les correspondants que vous venez de mentionner.

Scribble était arrivé à la fin de son exposé. Il restait maintenant à attendre le brigadier Lunebleue et ses hommes qui n'allaient pas tarder. Le détective leur avait demandé de venir vers 19 heures. Il était moins le quart.

— En somme, vous êtes suicidaire, Arlington, conclut Ted. Car vous souhaitiez ma victoire et donc votre incarcération.

— Mais je n'ai rien fait, Mr Scribble. Je suis un héros de guerre anobli, ami personnel du roi. Mon frère endossera seul la responsabilité de ses délires. Et il ne dira rien, je vous l'assure ! Quand je suis arrivé à Saint-Malo, je l'ai sauvé de la panade. Il était recherché par la gendarmerie pour plusieurs cambriolages et dormait sous un rocher de la plage toutes les nuits. Ma seule erreur a été de le recueillir et de le cacher. Au tout début, on m'a pris pour lui et j'ai même fait une nuit de tôle. Le préfet est venu en personne me présenter ses excuses. Douglas est déjà fiché partout, il incarne l'homme mauvais, nuisible, irrécupérable pour la société. Sa culpabilité ne fait aucun doute.

Pourquoi son jumeau acceptait-il de telles paroles sans broncher ? Fallait-il être idiot ou faible, ou bien les deux à la fois ?

— Quand on racontera à la presse votre rôle prépondérant dans cette machination, tout le monde fuira votre boutique ! siffla sœur Claire.

— Je vous répète que je suis innocent et que je n'ai rien fait ! s'énerva le vieil homme. Vous êtes mon propre alibi lors de la plupart des attaques et je suis protégé par George V en personne. À ce propos, je lui écrirai dès demain une lettre pour vanter vos grands mérites et pour m'excuser de m'être occupé d'un frère qui n'a été toute sa vie qu'un fardeau pour la société.

Ted n'allait pas se laisser posséder par le gentilhomme. Les deux frères devaient finir leurs jours en prison, mais si seul l'un des deux devait y aller, ce devait être le cerveau de toutes ces manigances.

— Savez-vous que vous risquez la guillotine, Douglas ? fit calmement le dramaturge en s'approchant de lui. Êtes-vous prêt à vous faire exécuter en place publique par amour pour votre frère ? Ne croyez-vous pas qu'il serait temps de vous révolter à votre âge ?

— Taisez-vous ! mugit le militaire.

— Savez-vous ce que l'on ressent une fois sa tête emprisonnée dans la machine de mort ? On attend le bruit de la lame et puis on sent sa tête tomber dans le panier de corde. Il paraît que certains condamnés vivent encore cinq secondes la tête séparée du corps.

— Assez ! Assez ! sanglota le jumeau. Je ne veux pas mourir ! Je ne veux pas ! Je parlerai !

— Et tu crois qu'ils te gracieront ? Tu seras exécuté aussi, pauvre idiot ! Tu es multirécidiviste et tu n'as pas de circonstances atténuantes comme moi !

— Nous allons procéder à un jugement équitable, trancha Ted. Mais il faudra accepter son résultat quel qu'il soit. Si vous gagnez, sir Arlington, votre frère se taira. À l'inverse, si vous perdez, vous endosserez son identité.

— Quel intérêt aurai-je à ce jeu-là ? demanda

l'alchimiste, éberlué. Je préfère encore qu'il parle ! J'éviterai alors la guillotine !

— Attendez de connaître l'enjeu, rétorqua Ted. Il s'agit de reconnaître l'un des thés contenus dans une des boîtes que je choisirai au hasard dans la boutique.

Le colonel partit aussitôt d'un grand rire.

Sœur Claire écarquilla les yeux. C'était un marché de dupes ! Douglas Arlington s'effondra. Il s'avouait d'ores et déjà vaincu et s'apprêtait à refuser quand un clin d'œil que lui fit le détective le rassura. Ne lui avait-il pas promis sa clémence en début de soirée ?

Il accepta, à l'instar de son frère qui ricanait encore, et déclara solennellement accepter le résultat en gentleman.

22

Scribble demanda aux deux frères de se tourner vers le mur et chargea la religieuse de veiller à ce qu'ils ne trichent pas. Quand il demanda aux jumeaux de se retourner, il tenait à la main une bonbonne anonyme.

Au-dehors, la lumière déclinait peu à peu. La pièce était comme baignée par une lumière céleste.

— Commençons par l'alchimiste des thés, fit Ted en ouvrant le récipient et en l'approchant du nez du gentilhomme.

Ce dernier renifla le parfum en une fois. C'est à la toute fin de son inspiration que son visage commença à se décomposer. Il respira une seconde bouffée. Son front commença à suer à grosses gouttes.

— Ce n'est pas un de mes thés ! bégaya-t-il. Mon frère ne le reconnaîtra pas plus. Amenez-en un autre !

— Ce n'est pas la règle édictée, colonel. C'est au tour de votre jumeau à présent.

Bizarrement, Douglas paraissait moins anxieux

que son frère. À peine plongea-t-il le nez dans la bonbonne qu'il déclara, un large sourire aux lèvres :

— « Terre des Vosges ancestrale ». C'est mon parfum !

L'espace d'un éclair, sir Arlington manqua littéralement s'effondrer sur le sol. Il reprit du poil de la bête devant les sourires entendus de ses trois interlocuteurs.

— Vous avez triché ! éructa-t-il. Ce n'est pas une de mes préparations ! Je demande un autre essai ! Je n'ai jamais créé ce thé !

— Acacia et eucalyptus, murmura simplement son frère.

— J'ai précisé qu'il s'agirait d'un thé contenu dans une des boîtes ici présentes. Je n'ai jamais parlé d'une de *vos* compositions.

Le militaire fulmina quelques instants, puis se fit une raison. Après tout, il avait donné sa parole et de gentleman et de militaire de la Couronne britannique. Il n'y avait pas eu tricherie et il devait assumer.

— Vous n'aurez ainsi pas besoin de changer de costumes, constata Scribble. En cet instant solennel, vous venez d'être dépossédé de votre titre de sir. Quant à vous, Douglas, si vous le prenez, vous ne le conserverez pas bien longtemps, soyez-en certain.

Il prit le jumeau par le bras.

— J'avais promis de vous aider, chuchota Ted. Mais je n'en attends pas moins de vous en retour. Votre frère voulait se soustraire entièrement à la justice. J'espère que vous serez moins lâche et oserez l'affronter. Je ferai en sorte que vous ne soyez pas condamné à la peine capitale, ajouta le détective.

— Mais comment avez-vous découvert ma seule et unique création ?

— En fouinant derrière le comptoir... Cette bonbonne était la seule étiquetée avec une écriture différente. J'ai fait le rapprochement. Après tout, l'art du thé est familial ! Il n'y a qu'à voir les frères Mariage !

Il laissa les deux frères côte à côte et rejoignit la religieuse. Subjuguée par les événements, elle avait pour Ted les yeux de Chimène.

— Il ne me reste plus grand-chose à faire dans cette ville...

Il regarda sa montre.

— Dans quelques minutes, Lunebleue sera là et vous embarquera pour la gendarmerie en attendant mon analyse. En somme, tout est *clair* si ce n'est votre véritable rôle dans toute cette histoire, sœur Claire...

La nonne sursauta.

— Que voulez-vous dire ? bafouilla-t-elle.

— Vous pouvez bien m'avouer la vérité, à présent... Vous n'êtes pas plus bonne sœur que je ne suis curé.

Elle sembla hésiter puis finit par répondre.

— Bravo. Vous avez raison, Mr Scribble. Je ne suis pas sœur Claire, mais Claire tout court. C'est cet idiot de Théophile qui vous a mis la puce à l'oreille, n'est-ce pas ?

— Entre autres... Il vous manque certaines manières pour faire de vous une véritable femme d'Église. Pourquoi vous êtes-vous déguisée pour me venir en aide ?

— Je n'ai jamais été la dame de compagnie de

l'abbé Fouré. Pour tout vous dire, Mr Scribble, je suis même sa fille !

Voilà autre chose ! Les prêtres catholiques avaient maintenant le droit de prendre femme et de se constituer une descendance comme les officiers du culte anglican ?

— Je me suis déguisée pour venir à Saint-Malo, continua-t-elle en enlevant sa coiffe, parce que je suis très mal considérée par les Malouins et les habitants des environs. Ils me considèrent comme la fille d'un fou, le résultat d'une union diabolique. Pour eux, je ne suis qu'une pécheresse... (Elle marqua une pause) Et puis... Oh ! J'ai honte de vous avouer cela, car vous, vous n'êtes pas comme les autres, mais les hommes sont si obsédés par les questions charnelles que j'ai eu peur quant à ma virginité.

— Vous pensiez donc que j'aurais pu abuser de vous ? s'étonna Ted en ne croyant pas un mot sur l'hymen de la jeune blonde.

— Je ne savais pas encore quel grand homme vous étiez !

Ted toussota. Il n'aurait certes pas répondu de son attitude si Claire n'avait pas porté son déguisement.

— Je ne vais pas vous cacher la vérité plus longtemps, s'enflamma-t-elle en se rapprochant du détective et en lui prenant les mains. Depuis la mort de mon père, je n'ai plus eu un sou devant moi. Je vivote à droite, à gauche, réduite quelquefois à la mendicité pour me payer de quoi manger. Il ne m'a pas laissé d'argent, juste ce terrain infesté de rochers laids et disgracieux...

— J'avais cru comprendre qu'ils vous plaisaient beaucoup.

— J'essaye de me convaincre, Mr Scribble. Je sais que vous allez mal le prendre, mais si je vous ai aidé dans la quête du coupable, c'est également pour que votre venue rejaillisse sur la ville et sur Rothéneuf. J'aimerais ouvrir le domaine de mon père au public et en faire un musée. Vivre des visites tout en cultivant sa mémoire.

— Ah ! Quelle bassesse d'esprit ! gloussa Arlington le déchu. Se battre pour son honneur, passe encore, mais pour de l'argent !

— On se bat toujours pour ce que l'on n'a pas ![1] répliqua la jeune fille avec morgue.

Ted tomba de haut. Ainsi, tout le monde, jusqu'à sa plus fidèle compagne, s'était joué de lui. Elle poursuivait ni plus ni moins qu'un but similaire au marchand de thé.

Il avait hâte que la gendarmerie arrive. Ainsi, il pourrait quitter Saint-Malo.

Claire sentit la déception du détective et se rua à son cou, cherchant à l'embrasser. Mais Ted refusa cette étreinte et resta muet jusqu'à l'arrivée de Lunebleue et de sa brigade.

---

1. Retrouvons ici, non sans émotion, la célèbre réplique de Surcouf à un amiral anglais qui l'aborda pour lui dire que, contrairement au Français, il ne se battait pas pour l'argent mais pour l'honneur.

23

EXTRAIT DES CARNETS DE TED SCRIBBLE, SEPTEMBRE 1912

La traversée du retour s'effectua dans une tristesse mémorable. J'essayais de me convaincre que je n'avais pas été le dindon de la farce dans toute cette histoire, mais rien n'y faisait. Pourtant aucune énigme ne m'avait résisté.

M. Buisson, le maire de Saint-Malo, avait organisé une grande conférence de presse le lendemain de l'arrestation des Arlington. J'avais dû réitérer mon exposé devant un parterre de journalistes. Je l'ai fait pour demander la grâce des deux condamnés. Espérons que le gouvernement français m'a entendu.

L'édile me coupait en plein milieu de certaines explications pour tenter de tirer la couverture à lui. Harassé, je ne cherchais pas à le contredire. Il se fit presque plus applaudir que moi à la fin, mais les journalistes présents n'étaient pas dupes des manœuvres du petit homme. Moi qui ne goûtais guère les joies de la publicité, j'étais servi.

Avant mon départ, il m'a offert une mouette. Je ne savais pas que ce volatile peut être apprivoisé par l'homme. *Moi non plus !* me répondit-il. *Je ne savais pas quoi vous faire comme cadeau alors je l'ai capturé ce matin sur la plage. Mon fils l'a appelée Bianca.*

Alors que le bateau quittait le port de Saint-Malo en direction de l'Angleterre, la fanfare municipale égrenait quelques notes en mon honneur. J'ai reconnu tout de suite celles, assourdissantes, du seul joueur de biniou de l'ensemble. Il était le monstre de Cézembre, se rendant sur l'île pour faire ses gammes !

Le curé ne subira plus les airs du faux monstre. Il a rejoint les jumeaux dans les geôles de la gendarmerie pour « dégradation de monuments historiques ».

Le naufrage du « New-York » reste toutefois un mystère. Père Bonenfant a assuré ne pas avoir scié le mât.

Mme Peignefin continue à haranguer la foule, persuadée que mes justifications ne valent rien et que ce sont les corsaires qui attendent mon départ pour intervenir concrètement dans la vie de la cité. Certains murmurent que la centenaire pourrait se présenter contre M. Buisson pour conquérir l'hôtel de ville.

Farrokh s'est embarqué dans un bateau à destination des Indes où il a hâte de retrouver sa famille. Il s'est dit ravi de retourner chasser les éléphants.

On est sans nouvelles de Ballopied, le propriétaire du chenil. Tous les chiens se sont enfuis à l'exception notable d'Andrea, le caniche roux. Il paraît qu'une dresseuse de chiens de cirque, de passage dans la région, l'a adopté.

Arthur Biscornu ne travaille plus à la bibliothèque. Alfred Poucemeule l'a embauché dans sa librairie. J'y suis retourné, mais il ne possédait pas d'autres volumes m'ayant appartenu dans le passé. L'adjoint au maire, qui était peut-être le seul à posséder un peu de bon sens, m'a promis de me tenir au courant du procès des frères Arlington.

Je n'ai pas tenu à revoir Claire avant mon départ, de peur que ma tristesse ne soit décuplée par le sourire trompeur de la jeune fille. Le brigadier Lunebleue m'a confié qu'un promoteur lui avait proposé de louer son site pour l'exploiter sous la forme d'une attraction touristique. En voilà une qui sera au moins parvenue à ses fins.

Mon arrivée à Portsmouth fut très éprouvante. Il y avait encore plus de journalistes qu'en France pour mon départ. Un grand calicot était tendu entre la capitainerie et la cheminée d'un paquebot. On pouvait y lire « Là où Scribble passe, la bêtise française trépasse ! » Ce n'était que du chauvinisme, bien sûr. Les instigateurs de la machination étaient bien anglais.

Brackwell et Tom m'attendaient au premier rang pour me féliciter. Je me suis fait mitrailler par des dizaines d'appareils photographiques avant de regagner Londres dans la voiture du rédacteur en chef de *The Shore*, évitant ainsi plusieurs heures de train.

J'espère simplement que cette histoire ne sera jamais racontée dans un roman. Ce serait faire trop d'honneur au colonel Arlington.

Mais je ne me fais aucune illusion sur les écrivaillons de la fin du siècle et sur leurs éditeurs.

J'ai mis quelques jours avant de m'acclimater de nouveau à la vie londonienne. J'ai rangé dans ma bibliothèque le précieux volume de *L'Enfer*.

Bianca la mouette ne veut pas me quitter. J'ai beau la poser devant la seule fenêtre de ma demeure et l'ouvrir en grand, rien n'y fait. Elle reste sur son perchoir et vient dormir près de moi dans le lit, en se servant d'un de mes oreillers comme d'un nid.

Le roi m'a reçu deux semaines plus tard, de retour d'un voyage en Australie, et m'a fait part de son infinie tristesse. Il a déchu le colonel de son titre de Sir. « Un titre qui pourrait bien vous échoir lors de la prochaine promotion... », m'a-t-il laissé entendre. Mais ce ne sont que de vaines promesses.

Le souverain avait appris que son ami avait été libéré, innocenté par son jumeau. Il a repris en main la boutique pendant deux semaines, mais elle a périclité. Le bougre, à ce qu'il paraît, confondait le Darjeeling et le Lapsang Souchong. Il s'est rendu à la gendarmerie quelques jours plus tard et a enfin fait éclater la vérité au grand jour.

Ce voyage m'aura toujours permis de réviser mon jugement sur la France et les Français. Je les considérais comme un peuple d'ignares, et il n'en est rien. Je prétendais que leur cuisine était une cuisine de sauvages et la crêpe « Amandine » me manque déjà. J'avais à l'esprit les grosses matrones qui vont battre le linge au lavoir comme image de la femme française, et je tombe amoureux d'une jeune fille aux cheveux dorés et au visage coquin.

On vit avec trop de préjugés dans la tête. Je n'aurai de cesse de m'en débarrasser.

Ce pays ne m'a pas déplu, loin de là. J'ai même

envie d'en apprendre la langue et je me suis inscrit aux cours à l'institut français. Il y a une mélodie qui me charme bien plus que la nôtre, pourquoi m'en cacher ?

Car qui sait ? Peut-être qu'un jour prochain j'y retournerai...

J'ai pris grand plaisir à lire les *Mémoires d'Outre-Tombe*.

On y trouve cette pensée que je veux noter ici :

« Je n'ai rencontré, en errant dans cette société évanouie, que des souvenirs et le silence... »

Ne serais-je pas, à mon humble niveau, un petit Chateaubriand ?

Si vous désirez poser une question à Ewan Blackshore ou bien lui faire part de vos réactions, bonnes ou mauvaises, n'hésitez pas !

ewanblackshore@hotmail.com

Pour toute autre information ou pour vous inscrire gratuitement à ***The Shore***, le journal des *Mystères de la Tamise*, une boîte aux lettres vous est ouverte :

theshorepublishing@hotmail.com

Pour vous tenir régulièrement informé des aventures de Ted Scribble, il existe un seul moyen :

l'abonnement gratuit à
The Shore
le journal entièrement consacré à
Ted Scribble.

Retrouvez la chronique du nécromancien, les fiches de cuisine de Mrs Hudson, les nouvelles inédites de Ted Scribble, le point sur les enquêtes les plus folles du détective...

Envoyez vos coordonnées sur papier libre à :
Les Mystères de la Tamise
Éditions de la Sentinelle
17, rue Jacob
75006 PARIS

ou bien dans la boîte aux lettres électronique :

theshorepublishing@hotmail.com